晩年のトルストイ

トルストイ

●人と思想

八島 雅彦 著

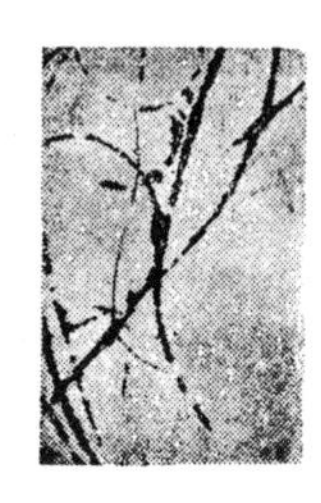

162

CenturyBooks 清水書院

はじめに

〝人生の教師トルストイ〟という言い方がある。いつだれが言い始めたものかはっきりしないが、この言い方は日本ばかりでなく、トルストイが生まれたロシアはもちろんのこと、世界中で広く使われている言葉である。だとすると、これは特定のだれかが言い始めたことではなく、トルストイの文学作品を読んだり、トルストイの生涯や彼の教えについて聞き知った人々の口から自然に生まれ、広まった言い方なのではないかと考えられる。

ところで〝人生の教師〟というのは、この場合どのような意味で使われているのだろうか。トルストイがその文学作品の中で人生の真実と呼べるようなものを描き出したという意味なのか。あるいは文学作品以外の著作で、人の生きるべき道について、人のなすべきことについて執拗(しつよう)に考え続けたという意味なのか。あるいはまた、人生の意味は、家庭の幸福や富とか名声のうちにあるのではなく、それはそうしたものをはるかに超えたところにあるということを、トルストイ自身がその長い生涯で身をもって人々に示したという意味なのか。たしかに、どの側面をとっても、トルストイは〝人生の教師〟の名にふさわしい人であった。しかし、何より、トルストイが生涯学び続け、生涯教え続けたということのうちに、比喩的な意味でないトルストイの教師としての生き方が現れているように思われる。

人々から〝人生の教師〟と呼ばれているトルストイは何を考え、どんな生涯を送った人なのか。トルストイに対する本書の基本態度はこのようなものである。

目次

第二部　トルストイの思想

ペテルブルグ
カザン
モスクワ
トゥーラ
ヤースナヤ・ポリャーナ
ミンスク
ベラルーシ
カザフスタン
キエフ
ウ ク ラ イ ナ
カスピ海
カ フ カ ー ス 山 脈
黒 海
(国境線は現在のもの)

トルストイ関連地図

第一部　トルストイの生涯

第一章　ヤースナヤ・ポリャーナ

トルストイは一八二八年八月二八日にロシア中部のヤースナヤ・ポリャーナという村に、トルストイ伯爵家の四男として生まれ、レフと名づけられた。

ロシアの名門貴族

レフはロシア語でライオンの意味である。

トルストイの父ニコライは若いころ軽騎兵としてナポレオン軍と戦った経験を持つ陽気な性格の退役中佐であり、トルストイが生まれた当時はヤースナヤ・ポリャーナで領地経営に専念していた。トルストイ家はロシアの名門貴族であったが、ニコライの父親の代に身代が傾いてしまった。それを建て直すためには裕福な令嬢と結婚するのが一番の近道であったが、実際、ニコライはその通りにした。

トルストイの母マリヤはヴォルコンスキー公爵家というトルストイ家より爵位の高い、ロシアでも有数の貴族の一人娘であった。二人の結婚は一八二二年のことで、そのときニコライが二八歳、マリヤは三二歳であった。

「森の中の明るい草地」という美しい名のヤースナヤ・ポリャーナ村はトルストイ家の領地の一つで、トルストイの生まれた当時、ヤースナヤ・ポリャーナには数百人の農民が生活しており、、ルストイ家の屋敷には数多くの召使いが立ち働いていた。

ニコライとマリヤは子供に恵まれ、結婚後間もなく男の子が生まれ、その後も三人の男の子が生まれた。トルストイが生まれた翌々年には女の子も生まれたが、その年のうちにマリヤは亡くなってしまった。四〇歳であった。それはトルストイが二歳にも満たないときのことで、そのためトルストイには母についての記憶が残らなかった。

父ニコライ

母マリヤのシルエット

「緑の杖」の思い出

男の子四人のうち、上のニコライは心の落ち着いた頭のいい子であり、二番目のセルゲイは歌うことの好きな明るい性格の子供であったが、三番目のドミートリーと末のレフ（トルストイ）は気まぐれ屋の甘えん坊であった。

幼いトルストイには「泣き虫」というあだ名が付けられていた。腹を立てては泣き、自尊心を傷つけられては泣き、ものごとに感激しては泣く、とても感じやすい性質の子供であったらしい。

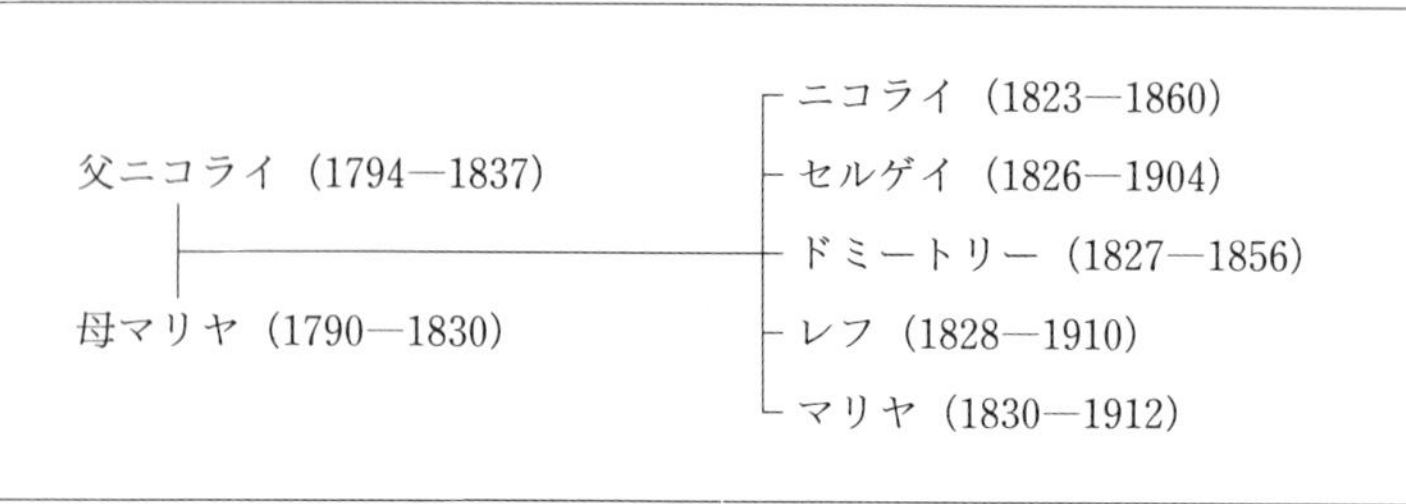

トルストイ家の人々

トルストイが五歳のころに、兄のニコライが「緑の杖」の話を聞かせてくれた。それは、みんなが互いに愛し合い、「蟻の兄弟」になれる秘密が「緑の杖」に書いてあり、その杖は屋敷の裏手に広がる森のはずれに埋められているというものであった。幼い泣き虫のトルストイの胸にその話は大きくこだました。そして、その幼い日の感動は生涯忘れられることがなかった。

　トルストイが九歳になる年に、上の男の子たちの教育のために一家は田舎のヤースナヤ・ポリャーナから首都モスクワに出て、新しい都会暮らしを始めたが、半年ほどしてまったく思いがけなく父のニコライが亡くなってしまった。こうして兄妹五人はみなし子になってしまったが、父方のおばの世話になりながら、なお数年の間モスクワに暮らした。ところがほどなく、そのおばも亡くなってしまい、兄妹は父方のもう一人のおばを頼ってモスクワを離れ、カザンに住むことになった。トルストイが一三歳の冬のことであった。

　トルストイ家では、幼い子供たちの教育は住み込みや通いの家庭教師たちによって行われたが、トルストイもそのような教育を受けて大きくなり、大学受験の年を迎えることになった。

大学生活

一八四四年六月、トルストイはカザン大学の東洋学部アラビア・トルコ語科を受験したが、結果は不合格であった。入試科目のうちフランス語やドイツ語などの語学科目はよくできたが、歴史や地理がまったくできなかった。八月に再試験を受けることができ、九月に入学を許可された。

大学の勉強はトルストイにはまったくおもしろくなかった。大学の授業が悪かったのか、トルストイの考え方に問題があったのか、大学になじめないまま一年が過ぎ、学年末試験の時期になった。しかし授業への出席不足と平常点の悪さのために、トルストイは試験を受けさせてもらえなかった。進級できないことがわかったトルストイは、東洋学部を去って法学部に移ることにした。

次の一年も前年と同じように過ぎ、ふたたび学年末試験の時期になった。今回はかろうじて試験には合格することができて進級を許されたが、大学に対するトルストイのぎくしゃくした関係はいぜんとして続いており、その関係は改善されるどころか、むしろ悪化する一方だった。

若い地主として

一八四七年四月、トルストイはついに大学を中退することを決意し、生まれ故郷のヤースナヤ・ポリャーナに戻って、地主生活を始めることにした。その前年、兄妹五人が遺産の分配を相談したときに、トルストイは幼年時代を過ごした生まれ故郷のヤースナヤ・ポリャーナの相続を希望していたのである。

トルストイの兄弟（左からセルゲイ、ニコライ、ドミートリー、レフ。1854年）

四月一一日にヤースナヤ・ポリャーナの相続が正式に決まった。翌一二日、トルストイは大学に退学届を出した。

一八四七年四月一七日、一九歳になろうとしているトルストイは自分の決意を日記に次のように書いた。

「生活様式上の変化は生じるに違いない。しかし、その変化が外的な環境の産物ではなく、精神の産物であるようにしなければならない。ここに問いが浮かんでくる。人間の一生の目的は何か。考察の出発点をいかなるものにしようと、考察の源泉を何に求めようと、ぼくはつねに一つの結論に帰着する。人間の一生の目的は、存在するすべてのものの全面的発展に対する可能な限りの援助である、と。自然に目を向けて考察を始めれば、自然のあらゆるものは不断に発展しており、自然の各構成部分は無意識のうちにほかの構成部分の発展を援助していることが見てとれる。人間も同じく自然の一部であり、しかし意識に恵まれた一部分なのだから、ほかの諸部分と同じように、しかし意識的に自らの精神的能力を用いて、存在するすべてのものの発展を志向しなければならない。歴史に目を向けて考察すれば、人類全体がこの目的の到達を不断に志向してきたことが見てとれる。理性的に、つまり人間の精神的能力だけを吟味しつつ考察すれば一人ひとりの人間の心の中に、この無意識的な志向を見出すのであり、それは人の心の欠くことのできない欲求となっているのだ。哲学の歴史に目を向けて考察すれば、人々がいたるところで、いつでも、人間の一生の目的は人類の全面的な発展であるという結論に帰着してきたことを見出すだろう。神学に目を向けて考察すれば、ほとんどあらゆる民族において完全なる存在が認識され、その到達を志向することがすべての人々の目的であると認識されていることを見出すだろう。だから、ぼくが、存在するものすべての全面的発展に対する意識的な志向を自分の人生の目的と見なしても、おそらく間違いではないのだ。

自分の人生の目的——全般的で有益な目的、有益なというのは、不死の精神が発展して、不死の精神にふさわしい最高の存在へと自然に移行していくからなのだが、そうした目的を見出せなかったとしたら、ぼくは人々の中で最も不幸な人間だっただろう。今やぼくの人生はすべてこの目的一つに向かう精力的な不断の志向になるだろう。

今ぼくは尋ねてみる。これからの二年間、村でのぼくの生活の目的はいかなるものになるか。㈠大学の最終試験に必要な法学のすべての課程を習得すること。㈡実際的な医学、および理論的な医学の一部を習得すること。㈢語学を習得すること。フランス語、ロシア語、ドイツ語、英語、イタリア語、ラテン語。㈣農業を理論的にも実践的にも習得すること。㈤歴史、地理、および統計学を習得すること。㈥数学の中学課程を習得すること。㈦学位論文を書くこと。㈧音楽と絵画で完成度の中くらいのレベルに到達すること。㈨規則を書くこと。㈩自然科学の若干の知識を得ること。㈯これから勉強するすべての科目から論文を作成すること」

若いトルストイにとって、大学を中退して若い地主になることは、挫折（ざせつ）などではなく、自分の天分を自覚し、そこへ向かって邁進（まいしん）するための新たなステップであったことがこの日記からはっきりわかる。

壮大な計画のもとに、「緑の杖」の埋められている、森の中の明るい草地ヤースナヤ・ポリャーナで新たな生活が始まろうとしていた。

第二章　農民たち

専制・正教・農奴制

一八四七年五月、トルストイが帰ってきたヤースナヤ・ポリャーナは成人男子の農民数が二〇〇人ほどの農村であり、その家族たちを含めた農民全体を管理監督する立場の地主としてトルストイはこの地に帰ってきたのである。

当時のロシアは専制と正教と農奴制の国であった。つまり、一人の皇帝とそれを取り巻く一握りの貴族と僧侶、そしてそれ以外はほとんどが農民という国であった。権力は皇帝ただ一人の手に集中しており、ヨーロッパの国々の中で、ロシアほど民主主義からかけ離れている国はほかになかった。

正教はカトリックやプロテスタントと同じくキリスト教であり、キリストの教えがその根本である。しかし、国家や民族の違いを乗り越えようとするカトリックの普遍主義に対し、隣人愛という言葉を比喩的な意味ではなく文字通りそのままの意味で考える正教は土着主義を信条としており、そのためか、教会は国家という枠(わく)の外へ頭を出したことが一度もなく、つねに国家の内側にあった。そしてもう一つ、正教はルネサンスと宗教改革を経験したことのないキリスト教であった。

貴族と僧侶は特権階級であり、徴兵と体刑（主にむちで叩かれる刑）と租税が免除されていた。

つまり、それらすべてが農民には課されていたということである。

農民の大半は地主の所有物と見なされている農奴であり、農奴は地主のために賦役労働をするか、あるいは年貢を納めなければならず、それ以外に人頭税を払い、兵役にも就かなければならなかった。また、地主ににらまれれば、いつ何時兵隊に行かされたり、シベリアに行かされないとも限らなかった。一方、農民たちの間にはミールと呼ばれる共同体があり、そこでは古くから全員一致に基づく平等主義が貫かれていたが、平等に分かち合うべきものといっては労苦と貧困以外にはないというのが実情であった。農民のほとんどは読み書きができず、無知で迷信深く、丸太を組んで作った粗末な百姓家に住み、食べるものといってはパンと玉ねぎだけといった極度の貧困のうちにありながら、しかし農民たちはそうしたことのすべてを神の御心として従順に受け入れ、教会の定める暦に従って生活していた。

ヤースナヤ・ポリャーナもそうした農民たちの住む農村であった。

若い地主の夢

大学を中退したばかりの若い地主は明るい夢に胸をふくらませていた。彼にはすでに日記に記した遠大な計画があり、それに従って自分のさまざまな能力をあますところなく発達させようという展望があった。だが何より喜ばしかったのは、自分がこれから農民たちに善を施すのだという考えであった。農民の暮らしが貧しいのは彼らが無知なためだ。彼らの誤りを一つひとつ正して、彼らを貧困の泥沼から救い出してやろう。そうする力が自分にはあるし、農民たちも当然その援助を喜ぶはずだ、と若い地主は考えていた。彼は日課を作成し、手帳を片手に百姓頭や管理人の話に耳を傾け、自分が世間知らずのただの理想主義者とは違う、実際的な仕事のできる地主であることをみなに見せようとした。

だが、現実はまったく思いもかけない姿を彼の前に現した。

若い地主の救いの手を農民たちはかたくなに拒んだのである。若い地主の善意をそのまま信じる理由が農民たちにはなかったし、何の経験も持たない若者に自らの胸の内を明かす義理もなかった。そして何より、若い地主に貧困の泥沼と見えたものが、農民たちにとっては何代にもわたってどうにか築いてきた最後の砦（とりで）だったのである。

若き地主時代のトルストイ（1849年）

農民たちがトルストイを理解すべきだったのか、トルストイが農民たちを理解すべきだったのか。いずれにしても、両者の間の溝は深く、若い地主の喜ばしい夢はあっけなく消え去ってしまった。

目標をなくしたトルストイは、そのときそのときの生活の流れに身を任せるように、夏はヤースナヤ・ポリャーナで田園生活を楽しみ、冬はモスクワやペテルブルグに出て社交界で遊んだりした。賭けごとに夢中になって借金をこしらえたり、ふと思い立って大学卒業資格試験を受けてみたり、きちんとした職に就こうと勤め口を探したり、あるいはまた社交界で富裕な結婚相手を探してみたりもした。だが、どれも腰の落ち着かない中途半端な行動のように見える。もっとも、この時期に熱中したことの中には、トルストイがその後の人生において ずっと大切にするようになることも含まれていた。それは音楽と狩猟と農民の子供たちのための学校であった。しかし、そこには生活の中心が欠けていた。どこか宙ぶらりんな毎日であった。そして、そうした生活が四年続いたのだった。

第三章　『幼年時代』と二つの戦争

カフカースへ

一八五〇年から五一年にかけての冬に、軍人になっていた一番上の兄ニコライが休暇をとってカフカースからモスクワに帰ってきた。ニコライはトルストイが幼いころからずっと尊敬していた兄で、のちにツルゲーネフが、彼には作家になるために必要な欠点というものが欠けている、と評した人物であった。

その冬はトルストイもモスクワに出てきていた。ニコライはどことなく生活に落ち着きのない末の弟を見て、自分と一緒にカフカースへ行かないかと誘った。この思いがけない提案がトルストイを引きつけた。すぐには決心がつかなかったものの、この年の四月末にトルストイはついに意を決して、これまでの生活の一切を捨て去ろうとするかのように、兄のニコライとともにカフカースへ向かって出発した。

二人は先を急ぐことなく、途中カザンに立ち寄って昔の友人たちに再会して一緒に遊んだり、またヴォルガ川の船旅を楽しんだりしながら旅を続け、ようやくカフカースにたどり着いたのは五月も末のことだった。

カフカースは黒海とカスピ海にはさまれた山岳地帯で、この地方にロシアの勢力が及んだのは一

兄のニコライ（右）とともに（1851年）

七世紀半ばのことであった。それ以来、カフカースは少しずつロシアに併合されていき、一九世紀の初めには、カフカースの南部一帯も併合された。しかし、カフカース山脈のあちらこちらでロシアの支配に抵抗する山岳民族があとを絶たず、トルストイがカフカースの地に足を踏み入れたときには、シャミーリというイスラム教の指導者を中心とする一大勢力がロシア軍に激しく対抗しているところだった。

トルストイがやってきたスタログラドコフスカヤ村はコサックの村であった。コサックはもともとは役人や地主の圧制から自由を求めて逃げ出した逃亡農民の集団であったが、それが次第に国から独立した自治組織として定着し、自治を許される代わりに、辺境地帯の防衛を任務として、国家に奉仕していた。

カフカースの自然と『幼年時代』

大学を中退してカザンを離れ、故郷のヤースナヤ・ポリャーナに帰ったトルストイは、もともと都市生活よりも自然の多い田園生活に自分の生活の場を求めていた。しかし、カフカースの自然はヤースナヤ・ポリャーナの自然とはまったく異なっていた。

ヤースナヤ・ポリャーナの自然は耕された自然であった。そこでは人は自然と歩調を合わせながら、家畜を使って農業を営む。それに対し、カフカースの自然はいまだ耕されていない、というより人間の耕作を一切受けつけない自然であり、そのような自然の中では、人間はほかの野生の動物たちと少しも変わらない存在であった。神々しいばかりの山並みの中では、一人ひとりの人間は、一匹一匹の蚊と同じように、個としてはまったく取るに足らないちっぽけな存在でしかない。しかし、無数の蚊の持っている生命のエネルギーを人間も確かに付与されているのであり、飼いならされていないその生命力をたたえたコサックの姿がトルストイの目には限りなく高貴なものに見えた。

そのような空気の中で、トルストイは雪をいただく連山の景色に見とれ、これまでの暮らしを振り返りながら、自分の仕事は何なのか、自分が本当にしなければならないことは何なのかを考え続けた。そのために本も読んだ。義勇兵として山岳民との戦闘にも参加した。しかし、トルストイがカフカースに来て、何ものにもまして力を注いだのは『幼年時代』の構想と執筆であった。

『幼年時代』は『成長の四つの時代』という長編小説の第一部として構想されたものだった。小説はトルストイ自身のこれまでの半生を材料とするもので、『幼年時代』のあとに『少年時代』、『青年時代』、『青春時代』と続いていき、主人公がカフカースにやってくるまでを扱う予定だった。

静かに時が流れていき、いつの間にか年が改まった。

一八五二年一月二日の日記の中に、トルストイは、Tout vient à point à celui qui sait attendre.（待つことを知る者には、すべてが折よくやってくる）というフランスのことわざを書きつけた。トルストイは、急ぐな、急ぐなと自分に言い聞かせながら、執筆の仕事を続けていたのである。何ごとも自分が納得のいくところまでいかなければ意味がないと考えるトルストイは、より本質的なものが自分の目に見えるようになるときをひたすら待ち続けなければならなかったのである。

この言葉は『戦争と平和』の最大のクライマックスであるボロジノの会戦の前日に、ロシア軍の総司令官であるクトゥーゾフが口にするせりふであるが、それは処女作執筆中のトルストイの座右銘でもあったのだ。

トルストイは辛抱に辛抱を重ねた。『幼年時代』の原稿は、二度三度と書き改められ、ようやく完成したのは、この年の七月のことだった。完成原稿はさっそく、詩人ネクラーソフが編集長を務める文芸雑誌『現代人』に送られた。そして月が改まり、八月も末になって、待ちに待ったネクラーソフからの便りがトルストイのもとに届いた。朗報であった。『幼年時代』が『現代人』に掲載されることに決まったのである。

自伝的な作家の誕生

こうして、世界文学史上類を見ない自伝的な作家が誕生することになった。当初の予定の『成長の四つの時代』は完成しなかったものの、『幼年時代』に始まり、『少年時代』、『青年時代』、『地主の朝』、『コサック』、『家庭の幸福』と続いていくトルストイの創作活動は、それをそのままトルストイの自伝として読むこともできるほど、トルストイの個人的な体験が作品の核になっている。しかしもちろん、それらは単なる個人的な体験談ではなかった。

『幼年時代』が掲載されているはずの『現代人』第九号を手にしたトルストイは、ページを開いて激怒した。『幼年時代』が『わが幼年時代の物語』と改題されていたのである。作品の中身もところどころ変更されていた。その改変は政府の検閲を通すためにネクラーソフが施したものであったが、検閲の検査基準のことなど少しも気にかけたことのなかったトルストイは、ネクラーソフに宛てて激しい抗議の手紙を書いた。この手紙は結局送られなかったのだが、その中にこんな一文がある。「わが幼年時代のことなど、だれの知ったことですか」と。

つまり、トルストイが描いたのは『わが幼年時代』ではなく、あくまでも『幼年時代』そのものだったのである。だれもが経験したはずの人生の一時期としての幼年時代をまったく新しい光のもとに描き出すこと、それこそがトルストイの課題だったのだ。

だれもが知っていること、あるいは知っていると思い込んでいることを、まったく新しい体験として読者に提示し、そうすることによって、作者と読者の間に新しいと同時に懐かしくもある共通の経験を創出しようとする姿勢は、それ以後もトルストイ文学の基本姿勢になるのである。

砲兵下士官として

『幼年時代』が成功を収めることになる一八五二年の一月に、トルストイは下士官の採用試験を受け、砲兵下士官として正式に軍務に就くことになり、本格的な戦闘にも参加するようになった。つまり、『幼年時代』は軍服姿のトルストイによって書かれたのだが、軍人トルストイの戦場での体験は、その後の文学者トルストイにとって、『幼年時代』の執筆以上に重要な意味を持つことになる。

トルストイがカフカースの戦場で知ったことは、戦場で真に戦力になる人間は決して名言を口にしない人々だということだった。世間では、戦争といえば、知力、体力に秀（ひい）でた英雄たちが、そのつどそのつど名言を吐きながら、超人的な働きをして敵を倒していくことであった。うわさ話のそうした語り口や、戦記のそうした書き方が、当時の人々の戦争観を形作っていたのである。しかし、実際の戦闘では戦うことが仕事である以上、むだな言葉を吐いているひまはないし、第一、そんな言葉の聞き手はどこにもいないのだった。

トルストイは決して名言を口にしない人々の行動に学ぼうとした。彼らの行動こそが戦場での知恵であった。彼らは戦闘において決して目立とうとはせず、努めてむだな負傷やむだな死を避けようとした。彼らは敵を倒そうとするが、それは山岳民に対する敵意によるものではなかった。彼らが戦うのは自分がロシアの兵隊であり、兵隊は上官の命令に従わなければならないという、ただそれだけの理由にすぎなかった。(兵隊たちは山岳民を討伐しなければならない理由を知らなかったし、知ろうともしていなかったが、トルストイ自身は、その後、ロシア軍の行動の正当性に深い疑問を感じるようになる。)

カフカースの戦場において、トルストイは、歴史には決して名前を残すことのない、そうした英雄たちを数多く発見したのだったが、トルストイの心をそれ以上に打ったのは、彼らの死にゆく者に対する態度と自ら死におもむくときの態度であった。彼らの考えによれば、人が戦場で死ぬのは、その人に何らかの過失があったからでもなければ、偶然の産物でもなかった。彼らは死を神の御心として受けとめた。死を迎えるにあたっては、何も悔やんだり呪ったりする必要はない。すべてを神の御心として、神にはこうなるのがよかったのだ、とすべてを静かに受け入れればそれでよい。無言の英雄たちは、人にもそう教え、自分の死に際してもその通りに振る舞った。そして、すべてのことがらを静けさのうちに受け入れるこの資質を、トルストイはこのとき、人類全体に与えられ

軍服姿のトルストイ（1854年）

た資質としてではなく、ロシア人に固有の資質として理解し、そうした資質に恵まれたロシア人を尊敬し、心から愛する気持ちになったのだった。

『幼年時代』の成功に自信を持ったトルストイは、一八五三年四月半ばになって、本格的に文学に取り組むために軍隊をやめる決意を固め、その旨願い出たが、その許可がなかなか下りなかった。クリミア戦争が近づきつつあったためである。

クリミア戦争

この年、トルコ領内の聖地エルサレムの管理権をめぐってトルコとロシアの間に衝突が起こり、それが戦争へと発展していった。

トルストイはこの戦争に参加するため、翌五四年一月、ドナウ方面軍に向けてカフカースをあとにし、途中ヤースナヤ・ポリャーナに一時帰省したあと、三月にブカレストに着いた。シリストラでトルコ軍と戦ったあと、トルストイはふたたび転属を希望してクリミア方面軍に編入された。トルストイがクリミア戦争における最激戦地セヴァストーポリに着任したのは一八五四年一一月のことであった。

一八五三年に始まったクリミア戦争は、五四年になってイギリスとフランスがトルコ側に荷担して参戦してから様相が一変し、ロシア軍は後退に次ぐ後退を余儀なくされ、クリミア半島のセヴァストーポリ要塞は英仏軍によって完全に包囲されてしまった。

そのセヴァストーポリに着任したトルストイを驚かせたのは、そこで戦っている兵士一人ひとりの士気の高さだった。彼らの顔はどれも高揚した無私の精神に輝いていた。この顔の輝きは、カフカースの戦場においては決して見られなかったものであった。このセヴァストーポリにおいては、身を捨てて敵と戦う理由をだれもが知っていたのである。この戦争は祖国を守るための防衛戦争だったのだ。

トルストイは兵隊たちの顔つきを見て、こうした兵士が戦っている以上、セヴァストーポリが陥落することはありえないと感じた。そして、その感激を『一二月のセヴァストーポリ』というルポルタージュにまとめて発表した。この作品は首都において熱狂的に読まれた。けれども、英仏軍の近代的な軍事力はロシア軍のそれと比べて圧倒的であった。猛烈な攻撃が夜を日に継いで、幾日も幾週間も続けられた。セヴァストーポリの包囲網は次第次第に狭められていった。物理的な力の差を気力で補うことには限界があった。

一八五五年八月末、セヴァストーポリはついに陥落した。要塞の上にフランス国旗が掲げられた。ロシアは敗れた。一一月、トルストイはクリミアを離れ、ペテルブルグへと旅立った。

第四章　文学者たちの中で

ペテルブルグの文壇

ペテルブルグの文壇はトルストイを温かく迎えた。トルストイはそこで、『現代人』の編集長ネクラーソフ、『猟人日記』の作者として尊敬していたツルゲーネフ、これから『オブローモフ』を書くことになるゴンチャロフ、『不幸者アントン』の作者グリゴローヴィチ、若きレーニンのバイブル『何をなすべきか』を書くことになる批評家チェルヌイシェフスキーらと知り合いになった。トルストイは『幼年時代』の類まれに見るリリシズムの作家であると同時に、それ以上に『一二月のセヴァストーポリ』を書いたクリミア戦争の英雄としてほめそやされた。

しかし、文壇の人々の歓迎がトルストイにはどことなくしっくりこなかった。そうした人々のサークルが彼には居心地がよくなかった。トルストイはわけもなくいらいらし、何かにつけて反発したい衝動にかられ、それを隠そうともしなかった。トルストイより六つ年上で、当時すでに『現代人』の中堅作家になっていたグリゴローヴィチがこんな回想を残している。

「どんな意見が述べられるにしろ、話相手の権威が高く見えれば見えるだけ、それだけいっそう執拗にトルストイは反対意見を述べて議論を吹きかけようと意気込むのだった。彼が耳を傾ける様

ペテルブルグの文壇で（左からゴンチャロフ、ツルゲーネフ、その後ろがトルストイ、グリゴローヴィチ、ドルジーニン、オストロフスキー）

子や、表情の読めない灰色の目の深みから話相手をじっと見つめる様子、また皮肉っぽく口をとがらせる様子などを眺めていると、どう見ても、彼が問いに対する直接の答えではなく、こんな意見を言えば相手は不意をつかれて狼狽(ろうばい)し、びっくりするに違いあるまいとあらかじめ思いめぐらしているようにしか思えなかった。若いころのトルストイは私にはそんなふうに見えた。議論ではトルストイはときに極端に走るのだった」

こんなトルストイをツルゲーネフは〝未開人〟と名づけてからかったが、ツルゲーネフには同じような経験が過去にもあった。

ドストエフスキー

ちょうど一〇年前、処女作が大成功を博し、自他ともに天才作家と認められる、やせて極端に顔色の悪い、いかにも神経質そうな若者が文壇に登場したことがあった。彼は人一倍自尊心が強く、自分の作品のうわさ話にしか興味を示さず、議論に夢中になると取りつかれたように熱弁を振るった。そんな若者をツルゲーネフはおもしろがってよくからかったものだった。若者はからかわれると顔を真っ赤にして怒ったが、ツルゲーネフのほうは落ち着き払ったまま、顔を真っ赤にした若者をまたからかうのだった。その若者は処女作が認められただけで、すぐに姿を消してしまい、今ではほとんど忘れ去られていた。

その若者こそ、ほかでもない、『貧しき人々』でデビューしたフョードル＝ドストエフスキーであった。彼は一八四九年のペトラシェフスキー事件によって、シベリアに送られたのだった。ペテルブルグの文壇はドストエフスキーを忘れかけていたが、トルストイが文学者たちに不愉快な思いをさせていたちょうどそのころ、ドストエフスキーはシベリアの地で『死の家の記録』を準備しながら再出発をはかろうとしていた。

ペテルブルグの文壇とはそりが合わず、ツルゲーネフにからかわれたこの二人の人物こそが、ロシア文学を世界文学の最高峰へ一気に飛躍させることになる。しかし、そのことはツルゲーネフはもちろんのこと、ドストエフスキーもトルストイもまだ知らない。

トルストイはペテルブルグを離れ、その後も、雑誌に寄稿することを除けば文壇とはあまり付き合わずに仕事を続けることになる。だが、文壇仲間に加わらなかったということが、その後、かえってトルストイの権威を高めることになった。

第五章　ふたたび農民たちの中へ

農奴解放の問題

憲兵政治によってロシアの専制体制を維持・強化することに全力を尽くしてきたニコライ一世は、クリミア戦争のさなかの一八五五年三月、不利な戦況を前に失意のうちに急死してしまい、代わってその長男のアレクサンドル二世が帝位に就いた。クリミア戦争の敗北によってロシアは変革の時代に入ろうとしていた。

まず手をつけなければならないのが農奴制の問題であった。ヨーロッパ諸国全体の流れの中で、農奴制が早晩崩れ去る運命にあることはだれの目にも明らかであった。無理にそれを維持することは、ロシアをますます遅れた国にすることにほかならなかった。したがって、農奴を解放することに疑問の余地はなかったが、解放のしかたをめぐっては、さまざまな利害がからまらざるをえなかった。政府としては、少なくとも、現在の農奴所有者が農奴解放によって損害をこうむる事態は避けなければならなかった。そのため、クリミア戦争の敗北から実際に農奴解放が実現するまでには、まだまだ調整期間が必要であった。

一八五六年五月、ペテルブルグの文学者たちのサークルをあとにしてヤースナヤ・ポリャーナに帰ったトルストイの頭には一つの計画があった。それは彼独自の農奴解放計画を実行することであった。トルストイは地主にとっても実行可能で、しかも農民にできるだけ有利な解放計画を社会に先がけて自分の手で実現したいと考えたのである。

トルストイの計画は次のようなものであった。農民たちの使用する土地をこれまでよりも増やし、地主に対する農民の義務を賦役労働からすべて年貢に切り替える。そして、農民たちに二五年間一定額の年貢を納めさせ、その二五年が過ぎたら、使用している土地をそのまま農民に与えて、農民たちを自由にするというものであった。農民たちにとっては、時間にしばられることのない年貢のほうが賦役労働よりずっと有利なはずだったし、二五年という数字も現実的なものであった。しかし、農民たちはここでも、あの大学を中退したばかりの若い地主の援助を拒んだように、この提案を拒否した。

農民たちは一般的にこれまでのやり方を変えることには反対だった。しかし、今回の拒否の理由は別のところにあった。政府による農奴解放のほうがトルストイの計画よりも自分たちにとって有利である可能性がある、つまり土地は無償で与えられるかもしれないという希望と期待があったのである。農民たちはいぜんとしてトルストイの善意を信じようとはしなかった。

最初のヨーロッパ旅行

一八五七年の一月末に、トルストイはモスクワからワルシャワへ向かって、初めてのヨーロッパ旅行に旅立った。ワルシャワからベルリンへ向かい、そして二月初めにパリに着いた。

トルストイは自分の目でヨーロッパの進歩的といわれる国々を見てみたかった。ロシアが変革されなければならないという意見にはトルストイも賛成だったが、改革というのがフランスやドイツの真似をすることであっていいのかどうかを自分の目で確かめたかったのである。

トルストイにはカフカースでの山岳民討伐（とうばつ）の記憶があった。文明の名のもとに野蛮な山岳民を征伐しようとするロシア軍の正義をトルストイは信じることができなかった。また、クリミア戦争の記憶もあった。クリミア戦争においては、イギリスとフランスが文明国であり、ロシアが野蛮な国とされた。どちらの思い出においても、トルストイの脳裏に刻みつけられたものは、文明と呼ばれるものが持っている残酷で野蛮な側面であった。

パリの町は素晴らしかった。トルストイは目に入るすべてのものを吸収しようとパリ中を歩き回り、夜になると劇場に通い、ソルボンヌ大学の講義にも出席した。パリは自由の空気にあふれていた。この空気はロシアにはまったくないものだった。

トルストイは予定を延長してパリに滞在し続けた。

三月二五日の早朝、トルストイは公開の死刑が行われるといううわさを聞きつけて見物に出かけた。そこで彼は生まれて初めてギロチンによる死刑執行を目撃したのだった。その衝撃は信じがたいものであった。パリの魅力はすっかり色あせてしまった。三月二七日、彼はパリを離れた。

旅はさらに続けられ、トルストイがロシアに戻ったのは七月のことであったが、このヨーロッパ旅行の印象は結局パリで見たギロチンに集約されるものだった。

犯罪人を罰として八つ裂きにすることは残酷なことではあるが、理解できることだ、とトルストイには思われた。だが、八つ裂きにするのは野蛮だという理由でギロチンが開発されるという文明の進み方が、トルストイには理解できなかったし、理解したくもないことだったのである。

祖国ロシアの姿とその進むべき道

故郷に帰りついたトルストイの目には、ロシアは雑然とした、粗野でうそに満ちた国に見えた。それは決して平和で牧歌的な愛すべき国ではなかった。けれども、トルストイはこの国でやっていこうと思った。ここを足場として、ここから出発しようと考えた。変革は必要であるが、それはヨーロッパの真似ごとをすることではないということがヨーロッパから帰ったトルストイにはもうはっきりしていた。

トルストイはふたたび農民たちの説得に取りかかった。今回は賦役労働を年貢に替えることの利点に焦点をしぼって、農家を一軒一軒回って説得に努めた。とうとう農民たちが折れた。これは大きな一歩であった。農民たちは年貢こそ地主に支払わなければならなかったが、労働そのものは地主から解放されたことになり、あとは政府による農奴解放令を待つばかりであった。

二年ほど静かな時が流れた。

学校の開設

一八五九年一〇月になって、トルストイは新しい事業に着手した。学校の開設である。トルストイは、農民たちの畑仕事が一段落ついて、農家の子供たちが農作業の手伝いから解放されるのを待って、ヤースナヤ・ポリャーナの邸内に学校を開き「ヤースナヤ・ポリャーナ学校」と名づけた。

学校には七歳から一三歳くらいまでの子供たちが集まるようになり、その数は次第に増えて、五〇人あまりが通うようになった。トルストイは最初のうち一人でその子供たちの面倒を見ていたが、一人ではとても対応し切れないことがわかり、新たに教師を一人雇った。

初めのうちヤースナヤ・ポリャーナ学校には、始業のベルもなければ、時間割もなく、教科書もなかった。朝、子供たちが教室に入ってくる。すると、それが授業の始まりだった。子供たちが字の読み方の練習を始める。すると、それが国語の授業になった。子供たちが勉強に飽きて教室を出ていく。すると、それが休み時間になった。

子供たちには完全な自由が与えられていて、自分が学びたいことだけを先生に教えてもらうことができた。したがって、授業はたいていの場合、生徒たちがそろって教室の前のほうを向いて先生の話を聞くという形態ではなく、教室の中に生徒たちのいくつかのグループが形成されて、教師はそのグループを巡回しながら学習を進めていくというものだった。

教室には時間割はなかったが、次第に学校のリズムが整ってきた。朝は八時ごろに授業が始まり、それが午後二時ごろまで続く。そのあと、子供たちは昼食のためにそれぞれの家に帰り、そして五時ごろにまたやってくる。授業が再開され、それは八時か、ときには九時まで続いた。夜遅くなると、トルストイが子供たちを家まで送り届けることもあった。

このようにヤースナヤ・ポリャーナ学校の授業はほぼまる一日続くものだったが、勉強のしかたはまったく子供たちの自由に任されていて、強制的にしなければならないことは何もなかった。学校に通うこと自体が自由であったから、気が向かなければ学校に来る必要もなかったのだが、実際にはみんなが熱心にやってきて、夜遅くまで勉強した。楽しかったのである。

一定の時間割はなかったが、教える科目は決まっていた。科目は全部で一二あり、㈠読み方、㈡書き方、㈢ペン習字、㈣文法、㈤天地創造の歴史、㈥ロシアの歴史、㈦図画、㈧製図、㈨歌、㈩数学、(十一)自然科学の話、(十二)神の掟（おきて）、というものであった。

トルストイは子供の理解できないことを無理に詰め込もうとする教育に反対だったばかりでなく、集中してやれば二、三日で身につくことを、半年も一年もかけてだらだらと繰り返す教育にも反対だった。したがって、ヤースナヤ・ポリャーナ学校で教える科目は通常の学校よりはるかに広範囲で充実したものだった。

トルストイはこの事業に熱中し、またたくまに半年が過ぎていった。

二度目のヨーロッパ旅行

一八六〇年六月、トルストイは学校をもう一人の先生に任せて、ふたたびヨーロッパに向けて旅立った。今回の旅行の主な目的はヨーロッパ各国の学校制度とその内実をつぶさに観察することだった。この旅行は、途中、肺結核を患(わずら)っていた兄のニコライが療養先の南フランスで亡くなるという不幸な事件もあって長引き、一〇か月にも及んだ。兄の死去はトルストイには大変なショックだったが、旅行の本来の目的は十分に達成することができ、大いに収穫のある旅だった。

二度目のヨーロッパ旅行で

トルストイがヤースナヤ・ポリャーナに戻ったのは翌六一年の四月のことであったが、その少し前の二月にロシアではついに農奴解放令が出された。

農民たちの期待は完全に裏切られた。土地は無償どころか、土地の代金として国に対し一定額を四九年間支払わなければならず、しかも土地は農民一人ひとりに与えられるのではなく共同体に与えられる形になっていた。個々の農民たちにとっては、これまでの地主の権限が共同体に移されただけで、それ以外は以前とあまり変わらなかった。

農事調停官として

しかし、この農奴解放令がトルストイに予期していなかった仕事をもたらすことになった。故郷に戻ったトルストイは思いがけず、県知事から農事調停官に任命されたのである。農事調停官というのは地主と農民の間に土地問題が生じたときにそれを解決する仕事であった。この仕事によって、トルストイに対する農民たちの信頼度はぐっと高まった。トルストイはつねに農民の側に立って問題を解決しようとしたからである。しかし、そうしたトルストイの活動を好ましく思わない人たちも多く、トルストイの動きは監視されるようになった。ヤースナヤ・ポリャーナ学校の仕事と農事調停官の仕事で、トルストイは忙しい毎日を送っていたが、トルストイにはもう一つ別の計画もあった。教育雑誌の発行である。

トルストイは自分の教育事業をヤースナヤ・ポリャーナ学校の実践ばかりでなく、より広範な社会事業にしたいと考えていた。自分の教育に対する考え方を一個の教育思想として広く社会に問いたかったのである。ヨーロッパ各地の学校を見学し、最新の文献にも一通り目を通していたトルストイは、自分の教育思想の独創性に自信を持っていたのである。

一八六二年二月、教育雑誌『ヤースナヤ・ポリャーナ』が創刊され、トルストイはこの雑誌に、毎号、教育に関する論文を発表していった。だが、雑誌の編集発行の仕事は片手間にできることではなかった。学校の運営、農事調停官の仕事、そして雑誌の発行――トルストイはとうとう体をこわしてしまった。

四月末に農事調停官の辞職願を出したあと、トルストイは療養するためにバシキール人の住む草原地方へと出かけていった。

遊牧民との暮らしによってトルストイの健康はほどなく回復したが、その間に、ヤースナヤ・ポリャーナでは大事件が起こっていた。屋敷が警察によって家宅捜索を受けたのである。非合法文書の地下印刷所の嫌疑がかけられたのであった。無論、捜索は不首尾に終わったが、警察の介入によってヤースナヤ・ポリャーナの雰囲気は一変してしまった。農民たちのトルストイを見る目つきがすっかり変わってしまったのである。

家宅捜索の事実を知ったトルストイは激怒し、皇帝アレクサンドル二世本人に宛てて直接抗議の手紙まで書いたが、すべてはあとの祭りだった。トルストイは教育事業に対する熱意をすっかり失ってしまった。

第六章　豊穣の一五年

結婚

草原地方での療養生活からヤースナヤ・ポリャーナに戻ったトルストイは、間もなくベルス家の三姉妹の一人を好きになった。ベルスは宮廷医で、ふだんはモスクワのクレムリンの中に住んでいたが、その妻の実家がヤースナヤ・ポリャーナの近くにあったために、ベルス家とトルストイは旧知の間柄だったのである。

トルストイが好きになったソフィヤ＝ベルスは三姉妹の真ん中で、この夏に一八歳になったばかりだった。トルストイは一か月ほど思い悩んだ末に、ついに意を決して九月一三日にソフィヤに宛てて結婚申し込みの手紙を書いた。申し込みは受け入れられた。そして、早くもその一〇日後に結婚式がとり行われた。九月二三日、クレムリン内の教会で式を挙げた二人は、その日のうちに大型の馬車に乗ってヤースナヤ・ポリャーナへと向かった。こうして新婚生活が始まった。

九月二八日に、トルストイはある親戚の女性に宛ててこんな手紙を書いている。

「田舎から書いています。書きながら聞こえてくるのは、二階で兄さんと話している、ぼくがこの世で何ものにもまして愛している妻の声です。ぼくは三四の年まで生きてきて、これほど人を愛し、これほど幸せになれるとは思ってもみませんでした。少し心が落ち着いたら、長文の手紙を書

結婚当時のトルストイとソフィヤ

こうと思います――いや、心が落ち着いたらではありません。ぼくは今これまでになく落ち着いていますし、意識もはっきりしています。そうではなく、もっとこの生活に慣れたらです。ぼくは今、自分が身にふさわしくない、正当でない、自分に予定されていたのではない幸福を盗んできてしまったような感じをずっと抱いています。ほら、彼女が歩いてきます。声が聞こえます。何といい気分でしょう。先日のお便りありがとうございました。あなたのような、これほど素晴らしい人々が、そして何より驚くべきことに、ぼくの妻のような、こんな人がぼくを愛してくれることに感謝しています」(一八六二年九月二八日付けアレクサンドラ＝トルスタヤ宛ての書簡)

家庭の幸福

一八六三年一月五日のトルストイの日記には、こんな記述が見える。

「家庭の幸福がぼくをすっかり飲み込んでしまいそうだが、何もしないでいるわけにはいかない。雑誌の仕事がある。こんなことがしきりに頭に浮かぶ。幸福とその何ともいえない空気のすべてが過ぎ去っていき、だれもそれを知らず、これからも知ることがない。こんな幸福は過去にも未来にもだれにもないが、ぼくはその幸福を意識してるのだ、と。『ポリクーシカ』はだめだ。ベルス家で朗読したのだが。

夜中や朝方、ぼくが目をさますと彼女がこちらを見て愛している。そんな彼女が好きだ。だれも――だれよりぼくだが――彼女が自分の知っている自分なりの愛し方で愛すのを妨げるものはいない。彼女がぼくの近くに座っていて、二人とも互いに心底（しんそこ）愛し合っているのを知っている。彼女が『リョーヴォチカ（レフの愛称）』と言って言葉を切り、『暖炉の煙突はどうしてまっすぐなの』とか、『馬ってなかなか死なないものなのね』とか言うのが、ぼくは好きだ。ずっと二人っきりでいるときに、ぼくが『ぼくたち何をしたらいいかな？　ソーニャ（ソフィヤの愛称）、ぼくたちどうしようか？』と言うと、彼女は笑っている、というのが好きだ。彼女がぼくに腹を立てて、突然一瞬のうちに彼女の考えも言葉も荒っぽくなることがある。『ほっといてよ、つまんない。』だが、一分もすると彼女はもうぼくにおずおずとほほえみかける。そんなのが好きだ。彼女がこちらを見ていなくて、気づいていないときに、ぼくが勝手に彼女を愛している、そんなのがぼくは好きだ。彼女が黄色のワンピースを着た少女で、あごを突き出して舌を出しているところが好きだし、彼女が頭をぐっとそらして、まじめな顔やびっくりした顔や子供っぽい顔、情熱的な顔をするのを見るのが好きだし、それからまた……」

ヤースナヤ・ポリャーナ学校は結婚した翌月の一〇月にすでに閉鎖してしまっていたが、雑誌『ヤースナヤ・ポリャーナ』のほうはまだ続いていた。しかし、これも三月で廃刊にしてしまった。その代わりに、トルストイは新しく養蜂場を作り、家畜を買い足し、りんご畑を作るなど、農事に余念がなかった。

ソフィヤもようやく田園生活に慣れ、六月には長男セルゲイが誕生した。

何もかもが順調に進んでいった。トルストイには目に映るすべてのものがますます豊かになるように見えた。そうした中で熟してきたのが新しい作品の構想だった。

新しい作品の構想

一八六三年一〇月に、トルストイはこんな手紙を書いている。

「ぼくは自分の立場にすっかり満足している夫であり父親で、それに慣れてしまったので、自分の幸福を感じるためには、それがなかったらどうだろうと考えなければならないほどです。ぼくは自分の立場や自分の気持ちをあれこれ詮索(せんさく)したりせず（grübeln［ドイツ語――あれこれ考える］はやめたのです）、ただ感じ取るばかりで、家族関係について考えたりしません。この状態がぼくにものすごくたくさんの知的空間を与えてくれます。ぼくは自分の知的な、そしてさらに道徳的な力のすべてが、これほど自由で、これほど仕事へと向かっているのを感じたことがありません。そして、その仕事がぼくにはあるのです。その仕事というのは、秋からぼくが夢中で取り組んでいる、一八一〇年代から二〇年代にかけての小説です。このことは性格の弱さか、あるいは力を証明しているのかもしれませんが——ぼくはときどきその両方だと思うのですが——、ぼくの人生に対する、民衆と社会に対する見方が、あなたと最後にお会いしたときに抱いていたものと今ではすっかり異なっていることを打ち明けなければなりません。それらは哀れむこともできるが、愛することもできるもので、ぼくがあれほど強く愛することができたことが自分ながら理解しがたいほどです。いずれにしても、あの学校を体験したことをぼくはうれしく思っています。この最後の恋人がぼくという人間を大いに鍛えてくれました。子供たちと教育学がぼくは好きですが、一年前の自分に戻ることは困難です。子供たちが晩にやってきて、ぼくが以前教師だったことを思い出させてくれますが、もう教師になることはないでしょう。ぼくは今、全身全霊、作家であり、まだこれまで一度も書いたり構想したりしたことがないほど、書いたり想を練ったりしているのです」（一八六三年一〇月一七日付けアレクサンドラ゠トルスタヤ宛ての書簡）

こうして『戦争と平和』の仕事が開始された。

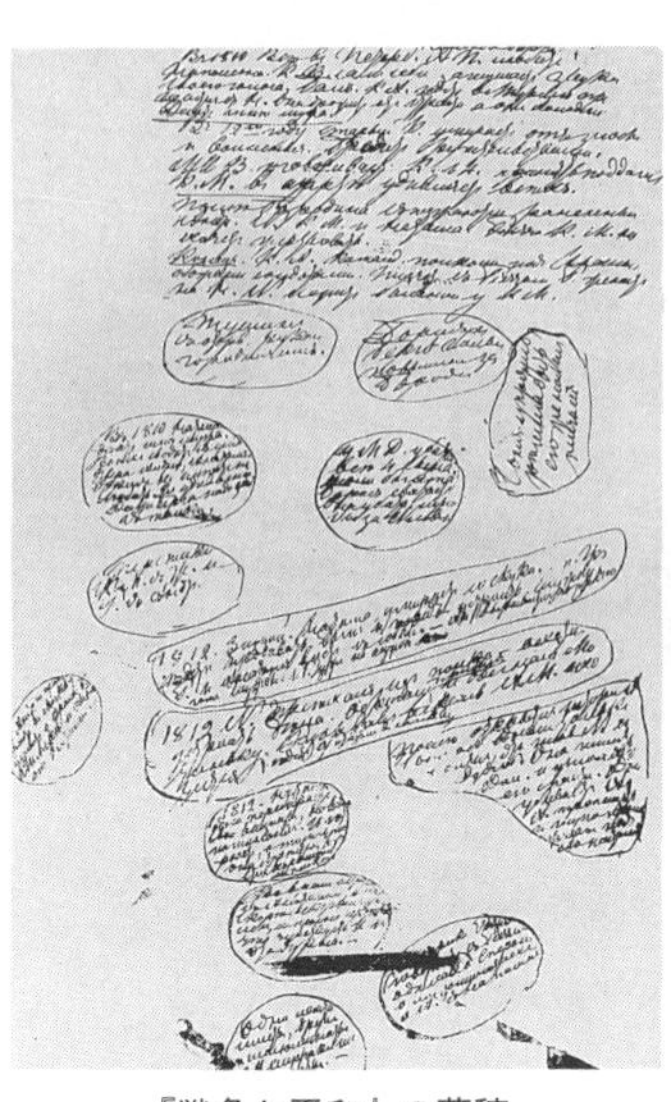

『戦争と平和』の草稿

『戦争と平和』を執筆するトルストイ

栄光の祖国戦争

トルストイはまず最初、シベリアでの刑期を終えてロシアに戻ってきた老デカブリストを主人公とする現代小説を書こうと考えた。しかし、この主人公を理解し、肉づけしていく過程で、トルストイはこのデカブリストがまだ若く、家庭人になっていない時期を理解する必要があることを痛感した。彼はなぜデカブリストの乱（一八二五年）に参加しなければならなかったのか。その反乱はどのように用意されたのか。こうして興味の対象が次第次第により古い時代へとさかのぼっていった。そして行きついたのが一八一二年の栄光の祖国戦争だったのである。

　ナポレオン軍の侵略に対する戦争においてロシア軍がとった行動、また軍人以外の人々がとった行動が、トルストイにはロシア的なものの最高の、そして最良の現れのように思われた。そして、その祖国戦争を作品のクライマックスにすえるために、一八〇五年のロシア軍の敗北から話を始めることにした。

『戦争と平和』完成目前のトルストイ

『戦争と平和』への没頭

トルストイは祖国戦争を戦い、その時代を生き抜いたロシア人を愛した。そして、自分の持つすべての力を注ぎ込んでその時代を描き切ろうと、トルストイはこの仕事に七年間没頭したのだった。

ヤースナヤ・ポリャーナで地主生活を始めようと大学を中退した一九歳の春から、トルストイはずっと日記をつけていた。あるときは自分を監視しているような、またあるときは自分や世間を解剖しているような長文の日記を、彼はたゆみなく書きつづってきた。しかし、その日記が『戦争と平和』の執筆中は完全に途絶えた。仕事に没頭していた彼は、暮らしや仕事について省察しているひまもなければ、その必要も感じなかったのであろう。

トルストイはロシア側から書かれた歴史を読み、フランス側から書かれた歴史を読んだ。幾多の回想録を読み、膨大な量の史料に目を通した。当時の思い出を持っている人たちに会って話を聞き、そして戦闘の行われた場所を実際に自分の足で歩いてみた。

原稿は何度も何度も書き直された。そして、校正刷りが上がってくると、また新たに推敲が始められた。そのたびに、きれいに清書し直すのが妻ソフィヤの役目だった。ほかの人には絶対に読めないだろう夫の筆跡を読解する仕事がソフィヤは好きだった。

一八六四年一〇月に長女タチヤーナが生まれた。六六年の五月には次男のイリヤが生まれ、六九年五月には三男のレフが生まれた。そして、『戦争と平和』が完成した。

ソフィヤと子供たち（1866年）

『戦争と平和』の評判

一八七〇年二月二日、久々に書かれた日記にはこんなことが書かれている。

「批評家たちの声が聞こえる。『クリスマス週間の橇滑り、バグラチオンの攻撃、狩り、食事、踊り――こうしたものはいい。だが彼の歴史理解、哲学はいただけない。趣味もなければ、喜びもない』

一人のコックが料理を作っていた。汚物や骨や皿を彼は中庭に投げ捨てたり流したりした。犬たちが台所の戸口に立っていて、コックの投げるものに飛びつくのだった。めんどりや子牛をほふると、コックたちは血と内臓を投げ捨てた。コックが骨を投げると、犬たちは満足して、あの人は料理が上手だなあ、と言った。彼はいいコックなのだ。ところが、コックがたまごや栗の殻をむき、アーティチョークをきれいにするなどして、中庭に殻を捨て始めると、犬たちは飛びついていって、くんくん臭いを嗅いだかと思うと鼻をそむけてこう言った。前は料理が上手だったのに、今はだめになってしまった。ひどいコックだ、と。けれども、コックは料理を続け、その料理はもてなしを受けている人たちが平らげた」

『戦争と平和』に対しては賞賛の声と同じくらい批判の声も上げられた。しかし、それはトルストイにとっては中庭の犬が吠える程度のことでしかなかった。とにかく作品のスケールが圧倒的だった。成し遂げられた仕事の前では、部分的な批判はあまり意味がなかった。トルストイが今やロシア随一の作家であることは動かすことのできない事実となったのである。

『戦争と平和』のおしまいの場面に、作中人物の中でも最も重要な人物の一人であるプラトン＝カラターエフという農民が出てくる。顔も体つきも全体的に丸っこい印象を与えるこの人物は、話の中によくことわざをはさむ。「どの指かんでも痛さは同じ」「石ころのように寝て、パンのように起きる」「寝たらくるりとまん丸く、起きたらしゃんとまっすぐに」――どれも、それだけを取り出せば何の変哲もない言葉だが、プラトン＝カラターエフの話の中に場所を占めると、民衆の知恵が急に生き生きと輝き渡るように見える。プラトン＝カラターエフは無論トルストイが創造した架空の人物にすぎないが、『戦争と平和』を仕上げたトルストイの次の仕事は、あたかもトルストイとこのプラトン・カラターエフが協力して取り組んでいるような仕事になった。それが『アーズブカ（初等教科読本）』である。

『アーズブカ』

トルストイは自分の学校事業の経験を本の形にまとめたいと考えた。これまでに作られたことのないような教科書を作ろうと考えたのである。これまでの教科書は、その姿勢において、無知な民衆に文明の光を授けようとするような教科書であったが、トルストイは、それとは反対に、民衆の生活と知恵を凝縮（ぎょうしゅく）して子供たちに伝えるような教科書を作りたいと思ったのであった。トルストイはロシアの民話を集め、イソップやアンデルセンの童話を読み、古いことわざや格言を集め、またその一方で算数や理科を子供たちに教えるよい方法を模索するなどして、教科書作りの準備をした。

一八七一年の初めになってトルストイはひどく体調を崩してしまい、久しぶりに草原地方へと療養のために旅立った。前にここを訪れたのはソフィヤとの結婚の直前のころであった。そこでの二か月に及ぶ療養生活によってトルストイはふたたび健康を取り戻した。ヤースナヤ・ポリャーナに戻ったトルストイは新たな活力とともに『アーズブカ』の仕事に励んだ。

学校の再開

一八七二年になると、トルストイはヤースナヤ・ポリャーナの邸内にふたたび学校を開いた。『アーズブカ』を実際に教科書として使ってみたかったのである。こうした試行錯誤が繰り返される中で、『アーズブカ』は次第に形を整え、一八七二年の一一月についに四巻本として出版されることになった。しかし、トルストイの予想に反して、『アーズブカ』の評判はあまりよくなかった。算数の扱い方に問題があるとされ、また、中に入っているお話の内容があまりに農村中心であると言われた。

しかし、ここに集められた話がもとになって、のちに『ロシア語読本』という読み物集が編まれることになり、子供向けのトルストイの話は独自の生命力を発揮することになる。『アーズブカ』の話は教科書として、また単行本の絵本として、繰り返し繰り返し出版され、それは現代にまで及ぶことになるのである。

歴史小説から社会小説へ

『アーズブカ』を完成したトルストイは、ふたたび芸術作品を手がけたいと考えた。『戦争と平和』より、さらに一段上の作品を作りたいと考えたのである。すでに数年前から腹案はあった。それは恋愛と家庭が中心テーマになる現代小説になるはずであった。祖国戦争の歴史の中に現れたロシア的なものをトルストイは愛したが、歴史というヴェールを取り除いたときに見えてくる現実社会の実相を描き出す必要と使命をトルストイは感じていたのである。なぜなら、『戦争と平和』を書いたトルストイの目には、歴史を動かす真の原動力は歴史や社会全体のことを考えてなされた行為ではなく、むしろ、そうした大局的な見地からなされた行動とは正反対のところにある、名もない人々のその日その日の目先のことしか考えていない行動のほうであるように見えたからである。このことは、自分を英雄だと思い込んでいる人間、自分こそが歴史や社会を動かしているのだと思い込んでいる人間の滑稽さを描き出すときには非常に有力な武器になり、実際『戦争と平和』においては、その武器が幾度となく使われて力を発揮したのだった。しかし、このことは裏返せば、人は意図的に歴史に参加することはできないということであり、人は自分の意識的な行為の本当の意味を知りえないということでもあった。こうした歴史と個人との関係が、『戦争と平和』を書いていたころのトルストイにはとても興味深く、しかも愉快なものに思えたのであったが、そのことの意味を歴史というヴェールをはいだところで追求すること、それこそが『アンナ・カレーニナ』の課題になったのである。

『アンナ・カレーニナ』

『アンナ・カレーニナ』の舞台は一八六〇年代のペテルブルグとモスクワの上流社会であり、それと並行して、農奴解放後の農村の生活も描き出されることになった。

トルストイは『幼年時代』で文壇にデビューして以来、ずっと自伝的な作品を発表してきた。『幼年時代』、『少年時代』、『青年時代』、『地主の朝』――そこまでが一続きになっていて、大学を中退してヤースナヤ・ポリャーナで地主生活を始めた時期までを扱っている。その次に続くのが『コサック』であり、そこにトルストイのカフカース体験が物語られている。『戦争と平和』は、直接、自伝的作品とは言えないものの、まだ家庭人になっていない主人公たちのものの見方、考え方は、結婚前のトルストイのものの見方、考え方の反映と見てよい。つまり、『戦争と平和』までは、トルストイはある意味で思い出の作家と呼ぶことができた。ちょうど『戦争と平和』が歴史のヴェールに包まれているように、どの作品においても、体験されたことが思い出というヴェールに包まれていたのである。しかし、『アンナ・カレーニナ』においては、歴史のヴェールが取り払われたのと同じように、思い出のヴェールも取り払われたのであった。『アンナ・カレーニナ』において主人公アンナと同等の比重で描かれているレーヴィンはトルストイ自身がモデルであるが、それはこれまでの作品におけるような思い出の中のトルストイではなく、生身のトルストイにきわめて近いものであり、レーヴィンの喜びや不安や苦悩は、そのままトルストイ自身が現に味わっている喜びや不安や苦悩なのであった。

『アンナ・カレーニナ』は一八七三年の春に書き始められ、ようやく七五年一月に、その最初の部分が雑誌『ロシア報知』に掲載された。

不幸と不安

現実の社会をそのまま映し出す作品の魅力は『戦争と平和』のとき以上に読者を引きつけた。ストーリーの進展はゆったりと滑らかでありながら、テーマの重みと登場人物たちの真実味によって、読者はだれもがぐいぐいと物語の中に引き込まれた。連載は二月、三月、四月と順調に進むかに見えたが、そこで突然中断してしまった。物語の滑らかな進行具合とは裏腹に、トルストイは『アンナ・カレーニナ』の執筆に没頭することができなかったのである。

トルストイはまだ教育の仕事を続けていた。七三年一〇月にはヤースナヤ・ポリャーナで実験授業を行い、七四年一月にはモスクワで実験授業を行うなどして、自分の教育方法の有効性を立証しようと努めた。また、七五年に入ってからも『新アーズブカ』を書き、『ロシア語読本』の編纂（へんさん）も行っている。トルストイの中に教育に対する情熱がなお燃え続けていたことは間違いないが、そうした情熱の一切が『アンナ・カレーニナ』のほうへ向かおうとしないという点が『戦争と平和』のときとは違っていた。

長男	セルゲイ（1863―1947）
長女	タチヤーナ（1864―1950）
次男	イリヤ（1866―1933）
三男	レフ（1869―1945）
次女	マリヤ（1871―1906）
四男	ピョートル（1872―1873）
五男	ニコライ（1874―1875）
三女	ワルワーラ（1875，出産後すぐに死亡）
六男	アンドレイ（1877―1916）
七男	ミハイル（1879―1944）
八男	アレクセイ（1881―1886）
四女	アレクサンドラ（1884―1979）
九男	イワン（1888―1895）

トルストイの子供たち

また、この時期、トルストイの身近では不幸が相次いだ。七三年一一月には一歳半の四男ピョートルが病気で亡くなり、七四年にはトルストイにとっては母親代わりで、ずっと一緒にヤースナヤ・ポリャーナで暮らしていた、おばのタチヤーナ＝エルゴーリスカヤが亡くなり、七五年二月には五男ニコライが一歳にも満たずに病死し、同じ年の一〇月には早産で女の子が亡くなり、そして一二月には、カザンでトルストイ兄妹の後見人だった、おばのペラゲーヤ＝ユシコーワが亡くなった。

次々に子供が誕生する中で書かれた『戦争と平和』とは、『アンナ・カレーニナ』はこのような点でも異なっていた。しかし、何ものにもまして違っていたのは、芸術そのものに対するトルストイの信頼度だった。こんなことをして何になるのか、という投げやりな気持ちが執拗（しつよう）につきまとって離れなかった。自分のしている仕事の価値に全幅の信頼を置くことがどうしてもできなかったのである。むしろ、書くことにいやけがさすことのほうが多かった。しかし、連載が開始された以上、作品は最後まで書かれなければならなかった。

七六年に入ってからも、作品の発表は断続的なものだった。しかし、仕事は続けられていた。芸術の価値が疑わしくなればなるほど、自分の仕事に対する客観的な視線がますます厳しいものになっていき、それにつれて『アンナ・カレーニナ』はますます完成度の高い作品になっていった。

『ロシア報知』による拒否　こうして『アンナ・カレーニナ』は一八七七年の春にようやく完成した。しかし、ここで思いがけないことが起こった。『アンナ・カレーニナ』の最終第八編の掲載が『ロシア報知』によって拒否されたのである。

ロシアはかねてよりバルカン半島におけるスラブ民族の保護者の役割を担ってきた。ところが、この数年トルコ人によるスラブ民族の迫害がますます激しさを増し、ついに七七年四月にロシアはトルコに対して宣戦布告に踏み切ったのであった。そうした中で、ロシア国内でもスラブの同胞を支援するための義勇軍が活発に組織されていたのだが、トルストイは『アンナ・カレーニナ』の最終編において、そうした国内の動きに水をさすような発言をしたのであった。

トルストイの分身であるレーヴィンは、スラブ民族救済運動に対して、自分にはスラブ民族の迫害に対してせっぱつまった感情などないし、あるはずもない、と言い切る。そして、そのような運動に参加するのは、何かほかに個人的な問題を抱えていて、現在の生活からの出口を求めている者だけだと言わんばかりである。この筋立てが『ロシア報知』よって拒絶されたのであった。雑誌側とトルストイの間の溝は容易に埋まらず、結局『アンナ・カレーニナ』は翌七八年一月に単行本として出版された。

ドストエフスキー

ドストエフスキーの見方　しかし、この最終編に異を唱えたのは『ロシア報知』の編集部ばかりではなかった。ほかでもない、トルストイの作品を『幼年時代』からずっと注意深く見守ってきたドストエフスキーが『作家の日記』の中で、このレーヴィンの発言にかみついたのである（『作家の日記』一八七七年七月・八月）。

トルコ人がスラブの同胞に対して行っている残虐な行為、それは婦女子に対する暴行は言うに及ばず、子供たちの目に針を突き刺したり、幼児を宙に放り投げておいて銃剣で受け止めたり、かと思うと、生まれたばかりの赤ん坊の両足をつかんで、一息に二つに引き裂くなど、とても正気の沙汰ではない。そのような行為を目の前にして、自分にはせっぱつまった感情などないし、あるはずもない、と言うのは、何かしら不自然な反応なのではないかとドストエフスキーは言うのである。

確かに、レーヴィンの態度には何か精神的過剰防衛とでも呼べるようなものが感じられる。彼は何から何を守ろうとしているのだろうか。

トルストイは鉄道やジャーナリズムのもたらす通信網の発達に対して、概して否定的な見解を抱いていた。それまでは調和のとれていた静かな農村が鉄道の出現によって一挙に攪乱される。夫婦の愛、親子の愛に包まれて平穏に営まれている家庭生活が、騒々しいジャーナリズムの声によって掻き乱される。レーヴィンが問題にしているのは、トルコでの残虐行為そのものではなく、それに関するニュースが何の断りもなしに勝手に家庭に入り込んでくることの是非なのだ。それに対してドストエフスキーは、しかしこのニュースはうそなのではない、と言って食い下がる。うそでない以上、こうしたニュースに心を動かされないというのはおかしいのではないか、と。

ドストエフスキーは『戦争と平和』と『アンナ・カレーニナ』を書いた作者に、うそやごまかしを嫌い、健全なものを好み、自らつねに潔癖であらんと欲する、生まれつきの教師的な体質のあることを感じていた。そして、それは皮肉ではなく、尊敬すべき性質であることを認めていた。しかし、この作者の、健全なものを守ろうとするあまりにとるかたくなな態度、文明や社会の趨勢に故意に背を向ける姿勢にはどこか不自然なものがあることを感じていた。

ドストエフスキーはこう言って、自分の論評を締めくくったのであった。

「『アンナ・カレーニナ』の作者のごとき人々は社会の教師であり、われわれの教師であって、われわれはただその教え子にすぎない。だが、彼らはわれわれに何を教えるのだろうか？」

第七章　新たな仕事の始まり

作家としてのトルストイ

『アンナ・カレーニナ』に取り組んでいたトルストイは、この作品に自信を持っていた。この作品が完成すれば、形式の点でも内容の面でも『戦争と平和』に見劣りしないばかりか、それを凌駕（りょうが）する作品になることを彼は信じて疑わなかった。作家としてのトルストイはきわめてプライドの高い芸術家であり、彼にとって仕事をすることはつねにより高い目標を目指すことだった。だから、新たな仕事はいつでも新たな挑戦であり、創造であって、それこそが生きることだった。

ところが、『アンナ・カレーニナ』の仕事はトルストイの予想に反して、彼をそれほど熱中させなかった。前に進もうとする彼を引き止める何かがあった。それは最初のうち、何となく気乗りがしないという漠然とした気分にすぎなかったが、それは次第次第に大きなものになり、その得体の知れない何ものかがトルストイの全注意を引きつけて放さなくなってしまった。トルストイはこの得体の知れない何ものかが自分の生活を完全に停止させてしまうのを感じた。

『アンナ・カレーニナ』の仕事は断続的とはいえ継続されていたし、この作品が傑作になることもトルストイはよく知っていた。しかし、そんなことはつまらない問題であり、どうでもいいことのように思えた。仕事ばかりでなく、生活全体がつまらない、むしろうとましいものに思えた。家族に対する義務や愛情もこの気分を振り払う助けにはならなかった。生きることそのものからひと思いに抜け出してしまうことが抗しがたい誘惑のように感じられた。その誘惑に引きずられまいとして、トルストイは猟銃を隠し、ひもを身のまわりから遠ざけた。何とかしなければならなかった。このままの状態を続けることはできなかった。この状態では生きていけなかった。

『アンナ・カレーニナ』執筆当時のトルストイ(1876年)

生きることの意味を求めて

トルストイは助けを求めていた。どんなものでもかまわない、とにかくこの状態から自分を救い出してくれる助けが必要だった。ところが驚いたことに、助けを探し求める過程でトルストイが発見したのは、自分を助け出してくれるものがどこにもないばかりでなく、このうとましい状態こそが人間の本来あるべき状態であるという認識だった。人類の英知は古来、人生を取るに足りないつまらないものとして認識してきたのだった。

トルストイのまわりでは人々が相変わらず愉快そうに暮らしていたが、トルストイの目には、彼らの楽しさも、彼らが真実に気づきさえすればすぐに消し飛んでしまうものにしか見えなかった。つまり、真実を知っているのはトルストイのほうであり、そうである以上彼らに助けを求めるわけにはいかなかった。しかし、そうした中で、トルストイの目に違ったものに映ったのが、農民や巡礼や行商人たちの姿だった。彼らの暮らしは信じがたいほどに貧しかった。しかし、彼らは快活に生きており、その快活さは真実に気づいていないための快活さではなく、反対に、トルストイの知らない真実を知っているがゆえの快活さであるようにトルストイには思われた。この状態から救われる道があるとすれば、それはここをおいてほかにないとトルストイには思われた。こうしてトルストイは生きるために、生きていける状態を取り戻すために、民衆と一体になる生活へと入っていったのだった。

信仰の意味

民衆と一体になろうとするトルストイの目に見えてきたものは信仰であった。民衆の生活は日々つらい労働の繰り返しであり、その合間合間に思いがけない不幸や災難に見舞われながら、だれもかれもが年老いて死んでいくのだった。そのどこにも楽しみらしいものの見当たらない暮らしの中で、しかし彼らは決して善良さを失うことがなく、死をも静かに受け入れるのだった。彼らの生活を支えていたのは無知でも、根拠のないオプチミズムでもなく、ほかならぬ神に対する信仰だったのである。神にはこうなるのがよいのだと、彼らは労働も不幸も災難も、そして自分たちの死さえも受け入れた。神に必要なことであってみれば、それらを受け入れることは喜びだったのである。

民衆の暮らしを知れば知るほど、信仰に支えられていない暮らしが無意味なものであることを痛感するようになったトルストイは、民衆にならって、熱心に教会通いを始めた。しかし、教会で教えられる信仰はトルストイが期待していたものとはまったく違っていた。それは規則と儀式の連続であり、信仰の中心には奇跡が置かれていて、理性を否定するものであった。そこでは信仰とは教会の権威への服従を意味した。

民衆の信仰が教会に由来していることは否定できなかったが、教会の求める信仰は民衆の信仰とは明らかに異なっていた。トルストイは教会に通い続けながらも、民衆の持つ信仰への道を探り続けた。

生活の回復

そんなトルストイの中に、いつしか、信仰とは神を求めようとすることにほかならないのではないかという考えが生まれ、それが次第に固まってきた。神を求め続けること、それこそが生きることなのではないか、と。

トルストイは次第に生活を取り戻していった。神を求めることが喜ばしく思え、生きていくのが喜ばしく思えるようになってきた。人生は決して取るに足りないつまらないものではなかった。そう感じるのは、つまらない生活を送っている人間だけであり、今のトルストイには、神を求めることをしなかった、それまでの自分の人生がなるほど取るに足りないつまらない人生であったことがよくわかるのだった。

自分の中に信仰が確立されていくのは、この上なく喜ばしい体験であったが、そうした信仰の確立とともに、トルストイの目には世の中がそれまでとは違って見えてきた。神を求めることが信仰であるとすれば、信仰の最大の妨げになっているのが、ほかならぬ教会であるように思われてきたのである。しかも、それは偶然そうなっているのではなく、教会は故意に本来あるべき信仰を妨げているのだった。トルストイの目には教会がこの上なく醜悪なものに見えるようになった。

教会に対する批判

福音書のキリストの教えは、こうした醜悪な教会そのものの否定ではなかったのか——そう考えるとき、キリストの教えは、どこにも不明瞭なところのない、まったく合理的なものに思われた。キリストは神以外の権威を認めず、神の前での万人平等を説いていた。キリストの教えはただそれだけであり、それは神秘的でもなければ不合理でもなかった。ところが教会では、キリストの教えは神聖ではあるけれども、普通の人間にとっては神秘的な到達不可能な教えであり、それゆえ教会の助けなしにはキリストの教えを理解することはできないと教えられているのだった。

教会によれば、キリストの教えは通常の意味では不合理なものということになるが、それは教会の権威を認め、教会と国家が手を結ぶことを認めるときにのみ不合理なものに見えるにすぎない。それらを認めず、キリストの教えは教会と国家の否定にほかならないと考えれば、キリストの教えは首尾一貫しており、どこにもあいまいな点はないとトルストイには思われた。それはどちらでもよい問題ではなかった。それはトルストイ個人にとっての譲ることのできない差し迫った問題であると同時に、万人の問題でもあった。

一八七九年一〇月、トルストイは新たな著作に取りかかった。それはキリストの教えの意味を明らかにすることを目的とする著作であったが、次第に膨大なものへとふくらんでいった。そこから『懺悔』、『教義神学の研究』、『四福音書の統合と翻訳』、『わが信仰のありか』が生まれてくることになる。

『懺悔』――新たな告白の始まり

『懺悔』にはトルストイを襲った精神的危機とそこからの回復の道程が物語られており、トルストイのキリスト教研究の序説の役を果たす著作になっている。『教義神学の研究』は教義神学批判そのものであり、福音書を教義神学のくびきから、ということはつまり教会そのものから解放しようとする試みであった。『四福音書の統合と翻訳』は、マタイ、マルコ、ルカ、ヨハネによる四福音書を古代ギリシャ語の原典にさかのぼって比較照合して、イエス・キリストの生涯と教えを一つにまとめようとする試みであった。そして『わが信仰のありか』

では、トルストイの信仰するキリストの教えは何であるかが率直に述べられることになる。それは新たな創造の始まりであり、新たな告白の始まりであった。こうしてトルストイはふたたび先へ進む道を見出したのであった。

一八八一年三月一日、思いがけない事件が起こった。皇帝アレクサンドル二世が暗殺されたのである。

ロシアでは一八七〇年代の初めにナロードニキと呼ばれる青年男女による大衆運動が起こった。階級間のあまりにひどい不平等に良心の呵責（かしゃく）を覚えた良家の学生たちが中心になって、農民たちを啓蒙しようと「民衆の中へ（ヴ・ナロード）」を合言葉に多くの青年たちが農村へ入っていったのであった。しかし、学生たちの善意は農民たちには通じず、運動はあえなく挫折してしまった。それ以後、政府の弾圧によって大衆運動は組織できなくなり、時代はテロリズムの時代へと移っていった。幾度も幾度も暗殺未遂が繰り返されたあと、この三月一日についにアレクサンドル二世は爆殺されたのであった。

三月半ばに、トルストイは新帝アレクサンドル三世に長文の手紙を書いた。その中でトルストイは、犯人を死刑にせず国外追放にすべきことを訴えた。悪に対し悪で報復することは、さらに大きな悪を生むだけであることをトルストイは諄々（じゅんじゅん）と説いた。『わが信仰のありか』はまだ書かれていなかったが、早くもこの手紙のうちにトルストイのキリスト教理解が表明されることになった。しかし無論のこと、トルストイの訴えは相手にされなかった。アレクサンドル二世を暗殺した革命家たちは四月三日に絞首刑にされた。首謀者のソフィヤ＝ペロフスカヤはロシアで最初に処刑された女性であった。

時代は反動へと傾きつつあった。国民の幸福のためにという口実のもとに専制権力が強化された。息苦しい時代が始まろうとしていた。

モスクワへの転居

この年の九月にトルストイ家にも大きな変化が起こった。一八歳になった長男セルゲイがモスクワ大学に入学することになり、一七歳の長女タチヤーナもすでに社交界に出る年齢になっていた。トルストイの内面の変化をよそに、家族の一人ひとりも成長し、子供たちはそれぞれ立派な貴族になろうとしていたのである。立派な貴族を育て上げることは危機を経験する以前のトルストイ自身の希望でもあった。トルストイはヤースナヤ・ポリャーナを離れることには反対だったが、結局、ソフィヤ夫人の意見に同意する形で、一家はモスクワに転居することになった。トルストイにとって、つらい都会生活が始まった。

第八章　闘いに次ぐ闘い

都会の暮らしと『さらば我ら何をなすべきか』　民衆から絞り取ったもので財産をこしらえた悪人たちが、その財産を守るために兵隊と裁判官を雇い入れ、そうして安心して好き勝手なことをしている。一方、民衆のほうは酔いしれた悪人たちのすきをうかがっては奪われたものを奪い返している――モスクワに住みついたトルストイの目に映った都会の暮らしはそんなものだった。

一八八二年一月、モスクワで市勢調査が行われた。トルストイは自ら調査員の役を引き受け、積極的に調査に参加することにした。都会での貧困層の暮らしを自分の目で確かめ、それを救済事業に役立てたいと考えたのである。だが、貧民窟（くつ）に住む貧乏人の数は予想をはるかに超えており、一時的な慈善事業ではどうなるものでもないことがわかった。トルストイは始めかけていた救済事業を中途で投げ出してしまった。もっと深く、より根本的なところを十分に考え、整理しなければならないと感じたのだった。こうして『さらば我ら何をなすべきか』の執筆が始められた。

『さらば我ら何をなすべきか』は一八八四年の末に完成したが、そこでトルストイは、人々が平等に暮らせる社会を築くために、土地の私有を廃止し、軍隊を廃止し、税金を廃止する考えを打ち出している。トルストイはそうした考えを実現するために、それらのものを力ずくで破壊しようとは決して呼びかけない。ただ、各人が各人の判断で各人に平和的にできることをせよと訴えるだけである。だから、トルストイの主張は何の強制力も持たないし、そこから何らかの組織立った政治運動が生まれてくる可能性もないように見えるが、この著作はただちに発禁処分を受けた。政府が恐れたのは、自分個人の意志で権力から離脱する人間が一人また一人出てくるという、権力の内部崩壊であったが、トルストイのねらいもまさにそこにあったのである。

無抵抗主義

トルストイはこの時期『さらば我ら何をなすべきか』と並行して『わが信仰のありか』の執筆も進めていた。そこでは、キリストの教えはマタイによる福音書の第五章から第七章にかけての「山上の説教」に尽くされており、なかでも「悪人に手向かってはならない」という悪に対する無抵抗の思想に意味があることが強調されている。そこにこそキリストの教えの際立った新しさがあり、力があり、真理性があるのだ、と。

そして、この無抵抗主義の主張からトルストイ主義という言葉が生まれることになった。トルストイ主義は、福音書に説かれているキリストの教えに従った生活、自分の生

「さらば我ら何をなすべきか」執筆当時のトルストイ

チェルトコフ

活に必要な労働はすべて自分で行えるような簡素な生活を目指す運動であるが、その中心には悪に対する無抵抗、すなわち暴力の完全な否定ということがあった。それが「主義」の名で呼ばれるようになるのは、悪に対する無抵抗と暴力の絶対否定ということが現実社会の中では、軍隊からの離脱、徴兵拒否、裁判制度の否定を意味したからである。政府にとって、トルストイ主義は対処のしにくい厄介なしろものであった。

チェルトコフとの出会い

一八八三年一〇月、トルストイのもとをチェルトコフという名の貴族が訪ねてきた。この人物との出会いがトルストイの生活と仕事を大きく変えることになる。チェルトコフはトルストイの思想に共鳴する、信仰心の厚い、誠実な人物であったが、その一方、きわめて現実的な考え方をする実務型の人間であった。トルストイの死後、ソビエト政権下で出された、現在のところトルストイの作品集としては最大の、いわゆる「九〇巻全集」もこのチェルトコフの監修によるものである。つまり、トルストイの思想はこの人物を通して、それ以後、精力的に広められることになるのである。

さまざまな仕事と活動

一八八五年にはチェルトコフによって「ポスレードニク（仲介者）」という、民衆向けの本を出すための出版社が設立された。ここから、のちに「トルストイの民話」の名で親しまれるようになる、『人はなんで生きるか』、『愛のあるところに神あり』、『イワンの馬鹿とそのふたりの兄弟』、『人にはどれほどの土地がいるか』といった一連の作品が出版されることになるのである。

一八八七年には『生命について（人生論）』が書かれた。この著作は一方に教会を意識し、また一方に自然科学、さらに当時流行していたペシミズムの哲学を視野に入れた思想書である。来世を説くことによって現世での服従を教えることの欺瞞（ぎまん）性を暴（あば）き、自然科学的なものの見方は人を指導する力を持たないことを論証し、この世のあり方を悪と見なす見方が一面的なものにすぎないことを指摘しながら、トルストイは全力を傾けて、キリストの教えが合理的なもので、人に幸福をもたらす教えであることを主張している。無論のこと、この著作も発禁処分になった。

一八九一年に、ロシアはひどい凶作に襲われた。飢饉（ききん）が始まった。九月になって、トルストイは自分の目で農民たちの窮状を見るため、ロシア南部へと旅立った。そして、そのまま飢饉のひどい地方にとどまって、農民たちのために無料食堂を開設した。この活動にはトルストイの子供たちも協力し、ソフィヤ夫人も新聞を通じて募金活動を行った。多額の寄付金が集まった。翌年の春にかけて開設された無料食堂は二〇〇近くにも上ったのだった。

一八九三年には九〇年から執筆が続けられていた『神の国は汝らのうちにあり』が完成した。この著作はトルストイの宗教思想の総まとめにあたる著作であり、そこでは無抵抗の思想と実践方法が非常に具体的に描き出されている。

ドゥホボール教徒と『復活』　一八九五年にロシアではドゥホボール教徒による集団兵役拒否という事件が起こった。ドゥホボール教徒というのは、ロシアで生まれたキリスト教の一派で、あらゆる権力を認めず、教会の儀式も認めず、さらに兵役に服することも拒否していた。彼らに対する政府の弾圧は厳しかった。しかし、彼らは信念を捨てず、ただただ弾圧に耐えていた。

一八九七年になって、彼らに海外移住の許可が下りた。しかし、彼らにはそうするための資金がなかった。募金活動が始められ、トルストイもその活動に積極的に参加したが、移住を希望しているドゥホボール教徒は一人二人ではなく、とても募金だけで資金をまかなうことはできなかった。

そこでトルストイは未完のままになっていた『復活』を雑誌社に売って、その原稿料を寄付することにした。『復活』は一八九九年から一九〇〇年にかけて雑誌に連載されることになるが、原稿料は前金の形で九八年のうちに受け取ることができ、それによって九八年から九九年にかけてドゥホボール教徒約八〇〇〇人がカナダへ移住したのだった。

『復活』は世界中で評判になったが、この作品が世に出ることによって、トルストイはロシア正教会から破門されることになった。一九〇一年二月のことである。しかし、この決定によってトルストイが失うものは何もなかった。それに対し、国と教会がこの決定によって失ったものは大きかった。

スヴォーリンというある出版人がこんなことを日記に記している。

「ロシアには皇帝が二人いる。ニコライ二世とレフ＝トルストイだ。どちらが強いか？　ニコライ二世はトルストイに何ひとつ手出しできないし、その玉座を揺るがしえないが、トルストイは疑いなくニコライの玉座とその王朝を揺るがしている」

ふたたびヤースナヤ・ポリャーナへ　この年、トルストイ夫妻はモスクワからヤースナヤ・ポリャーナに移った。子供たちはほとんどがすでに独立しており、四女のアレクサンドラだけが夫妻と一緒に暮らしていた。この年ずっと体調のよくなかったトルストイ

ニコライ2世とトルストイ（1908年）

は、秋になって、医者の勧めに従ってクリミアに転地療養に出かけた。しかし、そこでも体調はなかなか回復せず、死の近いことを思ったトルストイは最後の務めを果たそうとするかのように、皇帝ニコライ二世に宛てて長文の手紙を書き、いくつもの具体例を挙げて民衆の窮状を訴えた。その後、一時は危篤状態にまでおちいったトルストイだったが、何とか持ち直し、一九〇二年六月末にヤースナヤ・ポリャーナに戻ることができた。

その後も、一九〇四年の日露戦争に際しては『反省せよ』という論文を、また一九〇五年の革命以降、死刑判決が多くなったことに対して『沈黙はできない』という論文を発表するなど、一貫して暴力に対する闘いを続けたのだった。

トルストイはそのときそのときの社会の動きや飢饉などの天災に対して、そのつど迅速に行動する実行の人であり、その活動はいつも精力的なものだった。また、トルストイは体を動かすことが好きで、農作業などの肉体労働を愛し、最晩年に至るまで乗馬と水泳を愛した。しかし、全体から見れば、それは生活の一部でしかなかったと言えるだろう。生活の大半は書斎での執筆と読書であり、それが規則正しく、ほとんど毎日繰り返されたのであった。

危機をへたあとのトルストイには思想があった。そのため、一八八一年以降に書かれた文学作品はいずれも思想的に輪郭の非常にはっきりしたものになっている。一八八六年の『イワン・イリイチの死』、一八八九年の『クロイツェル・ソナタ』、一八九五年の『主人と下男』、そして死後に発表された『ハジ・ムラート』――これらの作品は確かにトルストイの思想を伝えてはいるが、これらを思想の宣伝道具と呼ぶことはできない。これらの作品は芸術だけが持つことのできる根底的な力、すなわち読む者の頭ではなく全身に働きかける力にあふれている。この力は理屈からは生まれてこない。すべては霊感にかかっているのだ。トルストイは注文仕事から芸術は生まれてこないと考え、芸術の核にはつねにインスピレーションがなければならないと考えていた。文学作品を思想の注文仕事にしないこと、あくまでもインスピレーションの純潔を守ること――芸術家トルストイのこの努力も一つの闘いであり、トルストイはこの闘いにこそ最大のエネルギーを注いでいたのではなかったろうか。そうであるからこそ、トルストイの数ある思想書の中で、『芸術とはなにか』（一八九八年）が最後まで書かれなかったのではあるまいか。

第九章　家　出

ソフィヤ夫人とトルストイ　一八八一年、モスクワで都会生活を始めたトルストイは憂鬱(ゆううつ)で憂鬱でしかたがなく、食事ものどを通らないありさまだった。そんな夫を見て、ソフィヤ夫人はそれは病気だから医者に診てもらったほうがいいと忠告した。トルストイには世の中のあり方が病的なものに見え、ソフィヤ夫人には夫の落ち込みようが病的なものに見えたのだった。このときから、このギャップを埋めるための献身的ともいえるほどの二人の努力が始まったが、二人とも、病気なのは自分のほうかもしれないという認識にはついに到達することがなかった。トルストイには真理が見えていたのだし、ソフィヤ夫人にはこれまでずっと続けてきた健康で明るく活気に満ちた暮らしを切り替えなければならない理由は見当たらなかったのだ。

トルストイの理想とするところは、所有している土地をすべて農民たちに分け与え、自分たちの暮らしは自分たちの労働だけでまかなっていく簡素な生活だった。世の中の一方に貧困がある以上、そして、実際問題として働いているのは貧しい農民と労働者たちのほうである以上、ぜいたくな暮らしはもうそれだけで不正なものに思われた。一方、ソフィヤ夫人にしてみれば、これからたくさんの子供たちを立派に育て上げる義務があったし、それればかりか、この年の一〇月には八男が生まれ、八四年には四女が生まれ、さらに八八年には九男が生まれて、家計費はかさむ一方だった。家族は次第に、ソフィヤ夫人と息子たち、トルストイと娘たちという二派に分かれていった。

財産の問題はトルストイには本当に重荷だった。そこで、一八八三年の春、財産の管理をすべて妻に任せることにした。トルストイ家の外の人間から見れば、それでは何の解決にもなっていないように見えるし、トルストイ自身そのことは十分承知していたが、それでもトルストイの心の荷はいくらか軽くなった。

最晩年のトルストイと妻ソフィヤ

トルストイ自身は自分の信じるところをどんどん実行に移して、自分の生活習慣を変えていった。酒と煙草をやめ、大好きだった狩猟をやめ、肉食もやめてしまった。しかし、そうした習慣を家族にまで押しつけることはしなかったので、トルストイ家の食卓は幾分ちぐはぐなものになり、食卓だけでなく、暮らし全体がちぐはぐなものになっていった。

しかし、ふだんの生活は以前とそれほど変わらなかった。トルストイは朝起きるとお茶を持って書斎にこもり、昼食の時間まで仕事をする（ロシアでは昼食の時間が遅く、昼食が一日の主要な食事になる）。家族そろっての昼食後は、体操や肉体労働、散歩、乗馬などをして、それからまた仕事。軽い夕食のあとは、また書斎で読書、それがトルストイの一日だった。

トルストイの一日

家族はトルストイが書斎にこもっている時間を神聖なものと見なして決して邪魔をせず、また邪魔が入るのを防いだ。それがトルストイ家の不文律であったが、トルストイは一日の大半を書斎で過ごしていたのである。だから、トルストイが菜食主義者になっても、ふだんの生活のリズムはそれほど変化しなかった。けれども、何かの拍子に家族の和が乱れると、それまでお互いに我慢していたものが一気に噴き出すのだった。一八八四年を最初に、トルストイは何回か家出を考えたし、ソフィヤ夫人も自殺を考えたことが何度かあった。

一八九一年四月、トルストイは不動産全部を家族に分配した。七月には著作権をすべて放棄することを決意し、そのことを妻に話したが、それを聞いた夫人は泣いて家を飛び出してしまった。結局、著作権は一八八一年までに書かれたものと、それ以降の作品とに分け、前者は家族の財産として残し、後者をすべて放棄することにした。

これもはためには中途半端な決定だったが、実際、トルストイ家の財政は楽なものではなかったのである。作家としてのトルストイの名声に代わって、思想家、人生の教師トルストイの名声が高まるにつれて、収入はますます減っていった。ソフィヤ夫人は自分の手でトルストイの著作集を作り、それを一家の収入にあてなければならなかった。

こうして、トルストイとソフィヤ夫人の行動はますますちぐはぐなものになっていったが、二人の間をさらに引き裂くことになったのが、一八八三年に知り合ったチェルトコフの存在だった。

チェルトコフとトルストイ

家族にとってトルストイはあくまでも芸術家であり、芸術家には一人の時間が必要であることを家族は知っていた。一方、チェルトコフにとって、トルストイは師であると同時に同じ理想を掲げる同志でもあり、トルストイとの仕事は共同事業であった。そう考えるチェルトコフは、トルストイ家の不文律に少しもしばられることなく、しばしばトルストイの書斎を訪れたが、それがトルストイ家の人々、とりわけソフィヤ夫人にはおもしろくなかった。特に一八八五年にポスレードニク社が設立されてからは、チェルトコフがトルストイの原稿を管理することが多くなった。『戦争と平和』や『アンナ・カレーニナ』を何度も清書したソフィヤ夫人は、自分の仕事をチェルトコフに取り上げられてしまったように感じた。

ソフィヤ夫人はトルストイに対して不満と同時に不安をも感じていた。トルストイがどこへ行ってしまうのか、夫が本当は自分のことをどう思っているのか、ソフィヤ夫人はトルストイの本心が知りたかった。それで、ときどきトルストイのいないときにトルストイの日記を読むことがあったが、当然それはトルストイには不快なことだった。一九〇一年、日記もチェルトコフが保管することになり、夫婦間の溝は決定的に深まってしまった。

家出の決意

一九一〇年二月一四日、トルストイはキエフ大学の一学生から便りを受け取った。そこには伯爵の爵位を捨て、財産を貧しい人たちに分け与えて、そして家を出るべきだという意見が書かれていた。

トルストイはその手紙に対してこう返事を書いた。

「あなたの手紙は私の心を深く打ちました。あなたの勧めることこそ私の念願でありながら、今までできないでいることなのです。これにはたくさんの理由があります（けれども決してわが身を惜しんでのことではありません）。そういうことがなされるのは、他人に影響を及ぼすためであっては断じてならないというのが主な理由です。それは私たちの力の及ぶところではないし、そういうことが私たちの行動を左右すべきではないのです。そういうことは、それが予想される外面的な目的にとってではなく、魂の内的要求を満足させるために不可避であるときに、ちょうど、息ができないときに体が咳（せき）をせずにはいられないように、以前の状態にとどまることが精神的に不可能なときにのみなされうるし、またなされなければならないのです。そして、私はそのような状態の近くにおり、日に日に近づきつつあります。

あなたが勧めている、社会的地位を捨て、財産を捨て、私の死後に財産をあてにする権利があると思っている人たちにそれを分配することは、もう二五年以上前にしました。ただ一つ、私が妻と娘という家族とともに、周囲の貧困の中で、恐ろしい、恥ずべきぜいたくな条件のもとで暮らしていることが、ますます私を苦しめ、あなたの勧めについて考えないような日は一日もないのです。

本当にあなたの手紙に感謝しています。この手紙は私のほうでは一人の人間（秘書のブルガーコフを指す）にしか知らせません。あなたもどうかだれにも見せないでください」

家出と死

一九一〇年一〇月二八日の午前二時過ぎに、トルストイがふと目をさますと、書斎に明かりがついていて、ソフィヤ夫人が何かを探しているような音がした。それが引き金になった。

午前五時、旅仕度を整えたトルストイは侍医と女性秘書を一人従えて、ついに家を出た。家を出たまま、まだ落ち着く先も決まらぬうちに、トルストイの体調が悪くなり、一〇月三一日にアスターポヴォという駅に途中下車し、動けなくなった。肺炎だった。そして、そのままの状態が数日間続き、ついに一一月七日の朝、トルストイは息を引き取ったのだった。

トルストイの遺体は一一月九日にヤースナヤ・ポリャーナに戻された。一万人を超える人々が柩(ひつぎ)

を出迎えた。トルストイの遺体は、あの「緑の杖(つえ)」の埋まっている森のはずれに埋葬された。

　この日群集の中には一人の日本人がまじっていた。ヤースナヤ・ポリャーナに来るまでに大変な思いをして疲れていた彼は、近くの農家に入って、その家の親切な主人にお茶とパンをご馳走になった。トルストイが亡くなって村は淋しくなりますね、と日本人が言うと、主人は答えた。

「そりゃ淋しくなりましょうよ。この淋しさはこらえるとしても、そのあとで私達がどうなるか、村のものがどれだけ困るかが問題です。病人があれば、直ぐかけ付けて相談します。お医者がすぐ来る。お嬢さまが薬をもり、『こうして飲ますのだ』と教えて下さる。学校をこしらえる。お話をして聴かされる。蓄音機を買い、小さい図書館をつくる。それは世話をして下さった。大檀那(だんな)の御死去で、これが皆無くなるでしょう。そうしたら私たちどうなるでしょう。」

　トルストイは村の人たちの手伝いもされたそうですが、本当ですかと尋ねると、

「ほんとうですよ。貧乏人や孤児の為には自分で畑を鋤(す)き、種を蒔(ま)き、刈入れまでして下さった事もある。大檀那がこうだから、お嬢さまや、お客さんまでが手伝って……、もし貧しい村人の家の屋根が腐ったり、暖炉の積み換が必要となると、家内総がかりで手伝うと云う程で……」（小西増太郎「トルストイの葬儀」）

　ヤースナヤ・ポリャーナの農民たちにとって、トルストイはそういう人だったのである。

第二部　トルストイの思想

『アンナ・カレーニナ』がロシアの読書界の注目を一身に集め、評論家たちが作者の思想についてさまざまに論じ合っていたころのことである。トルストイが半ば鼻を高くし半ば皮肉まじりに、評論家という人たちは作者以上に作品や作者のことを知っているものらしいが、もし『アンナ・カレーニナ』であなたが言いたかったことは何ですかと聞かれたら、私はもう一度『アンナ・カレーニナ』を最初からすべて書き写さなければならないと語ったことがある。

このことは芸術作品に限らず、宗教論文の場合でも事情は同じである。ある著作から、そのエッセンスだけを抜き出すなどということは実際にはできることではない。それが考え抜かれた、著者にとって重要な著作であればあるほど、そこに書かれていることはすべてひとかたまりになっているのである。だから、ここではつまみ食いはしないことにしたい。芸術作品からの引用はもちろん、その他の著作についても部分的な引用は極力避けて、この場でまるごと読める論文や作品を取り上げることにする。したがって、どれも小さな文章になるが、小さいなりに全体がある。小さいなりにトルストイの顔がある。大きい顔から、その目や鼻だけを取り出すよりも、小さくともすべてがそろっている顔を見るほうが、その人の顔はよくわかる道理だ。

第一章　教育について

㈠「教師のための一般的注意」（一八七二年）

〈思想家としてのトルストイを理解するうえでおそらく最も重要なのが彼の教育思想である。それはトルストイの多岐にわたる思想全体を貫く考え方の基本であると同時に、トルストイという人の性格・気質を最もはっきり表しているものといえる。まず、予備知識など持たずに、とにかく読んでみよう。トルストイはこんな言葉づかいで、こんなことを言う人だったのである。〉

勉強の条件

生徒がよく勉強するためには、生徒が自ら進んで勉強する必要がある。生徒が自ら進んで勉強するために必要なことは以下の点である。

㈠生徒の教わることがわかりやすく、おもしろいものであること。
㈡生徒の精神力が最も好都合な条件のもとに置かれていること。

教えてはならないこと

生徒にとって教わることがわかりやすく、おもしろいものであるためには、二つの極端を避けなければならない。生徒が知ることも理解することもできないことについては口にせず、生徒が教師に劣らず、ときには教師よりよく知っていることについても口にしないことである。生徒が理解できないことを口にしないためには、あらゆる定義、区分、一般規則を避けなければならない。教科書はすべてもっぱら定義と区分と一般規則から成り立っているものだが、それらのものこそ生徒に伝えてはならないことなのだ。

文法上および統語法上の定義、品詞や言語形式の区分、そして一般規則は避けなければならない。生徒には変化形の名称などはいわせずに語形変化をさせ、とにかく、何を読んでいるかを理解させながら、どんどん読ませ、頭で考えてどんどん書かせることだ。そして、ここが規則や定義や区分に反しているからという理由ではなく、それではわかりにくいとか、筋が通らないとか、はっきりしないという理由で直してやることである。

自然科学については、分類法や有機体の発達についての推測やその構造の説明は避け、生徒にはいろいろな動物や植物の生活に関してきわめて詳細な知識をできるだけたくさん与えてやることである。

歴史と地理については、陸地や歴史的事件の概観、ならびにそうしたものの区分は避けなければならない。目に見える地平線の向こうに何かが存在するということすらまだよく信じられない生徒にとって、歴史や地理の概説がおもしろいはずはないし、歴史の対象をなすところの国家や権力や戦争や法については、ほんのわずかな観念すら持つことはできないのだ。生徒が地理や歴史の存在を信じることができるように、地理的・歴史的印象を与えてやることである。あなたの知っている国々やよく通じている歴史的事件についてできるだけ細かく生徒に物語ってやることである。

宇宙学（コスモグラフィー）については、太陽系および地球の公転や自転の説明を（教育学ではかくも好まれているけれども）生徒に伝えることは避けなければならない。大空、太陽、月、惑星などの目に見える運動についても、日食や月食についても、地球上のさまざまな地点からの同一現象の観察についても何ひとつ知らない生徒にとっては、地球が回転しながら動いているという説明は疑問の解明や説明ではなくて、何の必然性もない押しつけがましいたわごとなのである。地球が水と魚の上に乗っかっているものと思っている生徒のほうが、地球が回っていることを信じてはいるが、そのことを理解も説明もできない者よりもはるかに健全に判断しているのである。空の目に見える現象や旅行に関する知識をできるだけたくさん伝え、生徒自身が目に見える現象で確かめることのできるような説明だけを与えることである。

算数については、定義および計算を簡略化する一般規則の伝達は避けなければならない。数学における一般規則の伝達の害がはっきりしているところはほかにない。生徒に演算のしかたを教えるその筋道が簡単であればあるほど、それだけ生徒の演算の理解と知識はよくないものになる。

最も簡単な計算法は十進法だが、これが一番難しいのだ。足し算の最も簡単な方法は、小さいほうのけたから始めて、得られた数字の一方を次のけたに加えるというものだが、これが最も簡単であると同時に最も理解しにくい方法なのである。引き算のときには、1借りてくるときの隣の0はすべて9と見なせとか、通分のときには分母と分子をたすきがけにかけよとか、分数の割り算はたすきがけにかけるようにと生徒に教えることほど容易なことはない。けれども、これらの規則を覚えてしまった生徒は、なぜそういうことになるのか、もはやずっと理解することができなくなるのだ。算数の定義と規則はすべて避けて、演算をできるだけたくさんさせて、規則に反したことをしたという理由ではなく、それでは意味をなさないという理由で直してやることである。

特に好まれている（とりわけ外国の小学校用の本においてだが）科学が到達した驚くべき成果を伝えることは避けなければならない。地球や太陽の重さはどれくらいか、太陽はいかなる物体から成り立っているか、木や人間はどのように細胞からできているか、人々はどんな驚くべき機械を考え出したかといった類（たぐい）のものだ。言うまでもなく、そのような知識を伝えることによって、教師は生徒に、科学が人にたくさんの神秘を解明することができるという考えを吹き込むわけだが、利口な生徒ならそういうことにはまたたく間にがっかりすることになるのだ。そのことは別にしても、ただの結果ばかりでは生徒に悪影響を及ぼし、生徒に言葉をそのまま信じるくせをつけさせてしまうのである。

わかりにくいロシア語、ある概念にふさわしくないか、あるいは二通りの意味のある言葉、それからとりわけ外国語は避けなければならない。そういう言葉は、長ったらしくなろうとも、また、それほど正確でなくとも、生徒の頭の中にそれにふさわしい観念を呼び起こすような言葉に取り替えるよう努めなければならない。これはこんな感じで呼ばれており、これはこんな感じのものだといった言い回しは避け、おのおののものをしかるべき名で呼ぶように努めなければならない。

一般に、生徒にはできるだけたくさんの知識を与え、知識のあらゆる分野に関するできるだけ数多くの観察をさせなければならないが、一般的な結論、定義、区分およびあらゆる専門用語はできるだけ少なく伝えるようにしなければならない。定義、区分、規則、名称を伝えるのは、生徒が自分で一般的な結論を検証できるほどに知識を十分に持ち、一般的な結論が生徒を困惑させるのではなく、生徒の荷を軽くする場合に限るのだ。

生徒がすでに知っていること　授業がわかりにくく、つまらないものになるもう一つの原因は、生徒がもうとっくに理解していることを教師が長々とこむずかしく説明することである。生徒にとってはあまりに明らかなので、きみは特別な別の意味を探しているとか、理解のしかたが間違っているとか、あるいはまったく理解していないと言われることになってしまうのだ。特に教材が生活の中からとられている場合には、この種の説明がざらにあるもので、教師が生徒に、机とは何か、馬はどんな動物か、本と手はどう違うか、一本のペンと一本のペンを足すと何本になるか、といった説明を始めるときがそれである。生徒には、生徒の知らないこと、教師自身が知らないときに知ったらおもしろいだろうと思えることを説明することである。

これらの規則をすべて満たしても、それでもなお生徒が理解しようとしないことがままあるものである。こういう場合の原因は二通りだ。教師の説明していることを生徒がすでに考えたことがあって、それに自分なりの説明をしている場合である。その場合には、生徒に自分の見方を説明させ、それが正しくない場合には論破し、正しい場合には、教師と生徒は対象を同じように見ているのだが観点が違うのだということを示してやることである。もう一つは、生徒がまだ理解できる時期になっていない場合である。このことは算数の場合に顕著である。教師が何時間かけてもだめだったことが、しばらくして、突如、一瞬のうちにすっきりわかることがあるものだ。決して急がず、時期を待って、同じ説明に戻ることである。

教室の条件　生徒の精神力が最も好都合な条件のもとに置かれているために必要なことは、以下のようなことである。

㈠生徒が勉強するところに、新しい見慣れぬものや人がいないこと。

㈡生徒が教師やクラスメートに対して恥ずかしがらないこと。

㈢（とても大切なこと）生徒がうまくいかない学習、つまり理解できないということに対する罰をこわがらないこと。人間の知力は、外部の影響に圧迫されないときにのみ働くことができるのである。

㈣知力を疲れさせないこと。生徒の知力が何時間何分を過ぎると疲れるなどと決めることは、いかなる年齢に対しても不可能である。しかし、注意深い教師にとってはつねに疲労のはっきりした兆候があるものだ。知力が疲れたら、ただちに生徒に肉体の運動をさせることである。まだ疲れていないのに誤って生徒を解放してしまうほうが、反対の意味で誤って生徒をしばりつけておくよりもよいのである。ぼんくら頭、心ここにあらず、片意地などは、もっぱらこういうことから生じるのである。

(五)授業が生徒の力につり合っていて、やさしすぎず、難しすぎないこと。授業が難しすぎると、生徒は課題をやりとげる希望をなくしてしまい、別のことを始めて少しも努力しなくなる。授業がやさしすぎても同じことが起こる。生徒の全注意が課題に吸収されるように努めなければならない。そのためには、授業の一つひとつが学習の一歩前進と感じられるような課題を生徒に与えることである。

教師の努力と必要な資質　教師にとって教えるのが楽であればあるほど、生徒にとっては学ぶのが難しい。教師にとって難しければ難しいほど、生徒には楽なのだ。教師が自ら学び、授業一つひとつのことを考え、生徒の力を推し量ることが多ければ多いほど、生徒の思考経路をあとづけ、質問と答えのやりとりが多ければ多いほど、それだけ生徒の勉強は楽になる。

生徒を放置したり、書き写し、書き取り、意味のわからない音読、詩の暗記といった教師の注意を必要としない作業を課すことが多ければ多いほど、生徒にとっては難しくなる。だが、かりに教師がすべての力を自分の仕事に注ぐとしても、それでもなお、多くの生徒に対してばかりでなく、たった一人の生徒に対してさえ、必要なことがまったくなされていないとつねに感じるものである。

また、つねに感じる自分自身に対する不満にもかかわらず、利益がもたらされていると意識するためには、一つの資質を持つ必要がある。この資質はあらゆる教師の技能をも、あらゆる準備をも補ってくれるものだ。というのも、この資質があれば不足している知識は容易に手に入るからだ。もし三時間の授業で教師が少しも退屈を感じないとすれば、彼にはこの資質がある。

その資質とは愛情である。もしも教師が仕事に対して愛情さえ持っているなら、彼はいい教師であろう。もしも教師が生徒に対して父母のような愛情さえ持っているなら、彼は、すべての本は読んだが、仕事にも生徒たちにも愛情を持ち合わせていない教師よりもすぐれた教師であろう。もし教師が仕事と生徒たちへの愛情を自らのうちに結び合わせるならば、彼は完全な教師である。

(二)　トルストイの教育観と教育事業

トルストイの教育事業

「教師のための一般的注意」は一八七二年に出版された『アーズブカ』の末尾に収められている文章であり、それは題名の通り初等教育に携わる教師のための一般心得である。

『アーズブカ』はトルストイが農民の子供たちに読み書きを教えるために自ら作った教科書で、「アーズブカ」というのはロシア語で「あいうえお」のことである。この『アーズブカ』がトルストイのその後の教育事業の確固たる礎石になるわけだが、この作品はまた一方で、それまでの彼の教育観、子供観の集大成であり、その結晶でもあったのである。だが、その『アーズブカ』そのものに入る前に、まずトルストイの教育活動の全体的な流れを見ておくべきかもしれない。

トルストイの教育事業は大きく三つの時期に分けることができる。一つは一八五九年から六二年にかけての時期、もう一つは一八七〇年から七六年にかけての時期、そして三つめが一八八〇年代の終わりから生涯の終わりまで続くことになるトルストイ晩年の時期である。

クリミア戦争（一八五三―五六）に敗れたロシアは、その敗北によって自ら後進国であることを認めざるをえなくなり、国全体が変革の時代へと入っていった。そうした雰囲気の中、トルストイはクリミア戦争の最激戦地セヴァストーポリからペテルブルグに戻って文学者たちの間に身を置いたが、彼には文壇という世界があまりに小さいものに思えた。それは仲間内の世界であった。われわれはもっと広い世界に目を向けて、しなければならないことがほかにあるのではないか。今なさなければならないことは、学ぶことではなく、教えることである。それが広い世界、すなわち民衆の世界に対する貴族階級の義務である、というのが当時のトルストイの考えであった。

一八五九年、トルストイはヤースナヤ・ポリャーナの屋敷の一部を教室にして学校を開き、ヤー

農村の子供たち

スナヤ・ポリャーナ学校と称した。

トルストイの教育事業はまず学校の開設とその運営という実践活動からスタートした。トルストイはその事業に全力を注ぎ、その事業を心から愛した。彼は疲れを知らない熱意に満ちた有能な教師であり、村の教師であることに満足した。しかし、日々の授業に全力を注ぎながらもそれに埋没してしまうことなく、トルストイは自分の事業の普遍性と独創性を確認し確保するために、ロシアの教育の現状ばかりでなく、ヨーロッパの最新の教育思潮にも気を配った。一八六〇年には、ヨーロッパ各地に足を運び、自分の目で教育の実際の様子を見たりもした。

こうして、トルストイは実際の教室を仕事場とする、言葉通りの意味の教師として活動を続けたわけであるが、トルストイの教育事業がわれわれにとって意味があるのは、彼が精力的な素晴らしい教師であったからではなく、あくまでも彼の教育観に独創性があったからだということを忘れてはならない。つまり、われわれにとってまず大事なのは、彼の教育の理論的な部分なのである。

トルストイの教育観

一八六二年初めにトルストイは『ヤースナヤ・ポリャーナ』という月刊誌の発行を開始する。そして、そこに次々と教育に関する論文を発表していった。それらの論文のうち、ここではトルストイの教育観の基本姿勢を見るために、『国民教育について』と『訓育と教育』の二つの論文を見てみよう。

教養のない一般民衆は教育にあこがれており、教養のある階級は無知な民衆を教化したいと望んでいる。こうして双方の要求は一致しているのであるから、国民教育がうまくいかないはずはないのに、現実には学校は民衆から嫌悪の目をもって眺められている。それはなぜであるか。『国民教育について』はこうした問いかけから始まり、そして論は次のように続けられていく。

学校は子供たちにいい環境を与えるために、子供たちを家庭や親を含めた実生活から切り離す。子供たちを無知で粗野な家庭環境から切り離すことが教育の第一歩であり、そうした外部世界から隔離された清潔な環境が与えられてはじめて子供たちは学問ができるようになる。つまり、そうした条件のもとでこそ、学問を身につけた教師の話に静かに従順に耳を傾けることができるのである。

だが、その学校が親からも子供たちからも嫌われている。嫌われているばかりでなく、せっかく学校で読み書きを身につけても、学校を出てしまうと子供も大人ももはや本を読んだりはしない。もう読み書きはできるようになったのだから、本など読まなくたっていいではないかと言わんばかりである。こうしたあべこべなことが現実の学校教育の所産なのだ。これはどうしたことであろうか。それを知るためには学校の内部に目を向けなければならない。

いい環境とされている、外部から遮断された静かな教室の中で、教師たちは子供たちにいったいどんな話をしているのであろうか。孔子の語録が真理のすべてであった古い中国においてや、またヨーロッパにおいてもアリストテレスが真理のすべてであった時代においては教師が生徒に何を教えるべきかの問いはまったく問題にならなかった。だが、現代（一九世紀半ば）はもうそんな時代ではない。それはトルストイに限らず、だれもが認めるところであり、現に学校によって、また教師によって教育内容は異なっている。だが、トルストイにとって不思議だったのは、学校によって教育内容が異なっているのに、なぜ教師たちは自信を持ってそれを子供たちに教えることができるのかということだった。

もはや一人の知恵や宗教一辺倒の教育ではどうにもならない時代になっていることは確かだが、その現状認識から生まれるのは、自信を持って子供たちに押しつけることのできることは何もないという自覚でなければならないとトルストイは考える。若い世代、次の世代に何が必要かということは決められることではないとトルストイは包み隠さずに言う。だが一方、それは答えられない問いであると同時に、つねに考えていかなければならない問いでもある。そして、ほかでもない、この予測の不可能性と必要性のはざまから見えてくるのがトルストイの新しい学校観なのだ。それは教育実験の場としての学校というものである。学校は過去から未来に向かって開かれたものにならなければならない。それは決まったことを繰り返せばいいような、すでに完成された固定的な場所ではなく、一つひとつの経験が次の経験のための下地になるような、つねに更新される場所でなければならないのだ。

現実の教育が民衆から嫌悪されているのは、学校が民衆の欲してもいないものを無理に押しつけるからだ。それは民衆を型にはめることにほかならないが、そんなことをされることが子供たちにとって楽しいはずがない。学校においては、聞きたくもない、わけのわからない話をわけのわからないままに、しかし従順におとなしく聞いていなければならないのだ。そして、そういう我慢ができるようになると、教師は教育の成果が上がったといって喜ぶのだ。これでは羊たちのために牧人がいるのではなく、牧人のために羊たちが集められているようなものだ。

教育と実生活

トルストイは赤ん坊に言葉を教える母親の姿を思い浮かべる。母親は最初のうちまだ言葉の話せないわが子の気持ちを汲み取ろうと赤ん坊のレベルへ降りていく。そして、ほかの人には意味のわからない赤ん坊の片言に意味を見出し、赤ん坊も自分が理解されていることを知る。こうして赤ん坊と母親の間にコミュニケーションが成立するようになると、いつの間にか自然に赤ん坊が母親のレベルへと向かうようになる。トルストイはこの現象を「教育前進の法則」と呼び、国民教育の場においても、教育はそのようなものでなければならないと考えた。話せるようになりたいという欲求に応えるのが教育である、と。

だが民衆は何を求めているのだろうか。それに対してトルストイは、自然な欲求は実生活からしか生まれてこないと答える。だから、子供たちを実生活から切り離すのではなく（それは自然な欲求の生じる可能性を押しつぶすことだ）、学校のほうを大きな広い実生活の上に建てるべきなのだ。実生活からこそ疑問や欲求は生じてくる。そして、欲求のあるところにはじめて教育は成立するのだ。もし、教育というものがそのようなものであるとすれば、教育の側から強制しなければならないことは何もないはずだ。強制は教育前進の法則の実現を妨げるだけで、何の足しにもならない。だから教育の基準は自由（強制のないこと）でなければならないとトルストイは主張する。

これがトルストイの国民教育論の骨子なのだが、学校は実生活の上に建てなければならないという主張には特別な意味合いがあった。トルストイは現行の学校を非難しているが、その学校とはじつはドイツやフランスの学校であった。というのも、ロシアには非難できるほどの学校教育の伝統がまだなかったのである。クリミア戦争の敗北によってロシアは後進国の自覚を得たが、その自覚から社会のあちこちで一足飛びにヨーロッパの真似ごとが始まろうとしており、教育の世界も例外ではなかった。その流れの中で、トルストイはそんな真似ごとではだめなのだと主張しているのである。ロシアの学校はロシアの土壌の上に建てなければならないし、ロシア人の教育はロシア人の生活の上に築いていかなければならないのだ。少なくとも、自分はそういうやり方でやっていくつもりだ――これがトルストイの主張だったのである。

「訓育」と「教育」

だが、教育には本当に強制は不要なのだろうか。教育にはどうしてもある程度は子供を型にはめるようなところがあるのではないだろうか。そうした問いに答えるのが『訓育と教育』である。

世間では「教育」という言葉がいろいろな意味で使われているが、まず最初に「訓育」と「教育」を明確に区別したい、とトルストイは話を始める。

トルストイによるとロシア語の「訓育」はフランス語の éducation、英語の education、ドイツ語の Erziehung に相当する言葉で、その内容はある人間が別の人間を自分と同じような人間に育て上げようとすることである（だとすると、トルストイの言う「訓育」は日本語では「教育」とするのが適当かもしれない）。それに対し「教育」のほうは、これに相当する言葉がフランス語や英語にはなく、ドイツ語の Bildung がややこれに近いかもしれないという（だとすると、トルストイの「教育」は「陶治（とうや）」に近いのかもしれない）。そして、その内容は人間を発達させるもののことである。

このように「訓育」と「教育」を分けて、そしてその上で教育学が扱うべき対象は「教育」のほうであって「訓育」ではないとトルストイは言う。しかし実際にはわれわれは「訓育」と「教育」をトルストイが考えるようにはっきりとは区別していないし、トルストイの言う「訓育」こそが教育であると考えている人も少なくあるまい。そこでかりに、どちらにも教育の名を与えるとすれば、トルストイの言う「訓育」は型にはめる教育であり、「教育」のほうは型を破る教育である（発達というのがそれまでの殻を破ることだという意味で）と考えればトルストイの考え方がはっきりするかもしれない。

トルストイは型にはめる教育を教育として認めようとしないのだが、「訓育」にも存在理由はあるとして、その原因を四つ挙げている。家族、宗教、国家、特定の社会集団がそれである。親が子を自分と同じような人間にしたいと願うのは正当とは言えないとしてもきわめて自然なことであり、教会が人々に自分たちの信仰を植えつけようとするのもまた当然だという（なぜなら、そうしなければ人々の魂は救われないのだから大問題なのだ）。また国家が自分に必要な役人をつくるのも当然である。そうしなければ国家が機能しなくなるのだから。しかし、特定の社会集団が特定の人間をつくり上げようとすることには何の根拠もないとトルストイは言う。あらゆる教育機関がそれぞれのしかたで子供たちを訓育しようとしているが、それには何の根拠もないというのだ。その一例として出されるのが大学であるが、大学に対する悪口がこの論文の中で非常に大きなウェートを占めている。教授たちの退屈な話を聞かされる大学というところがトルストイはよほど嫌いだったようだ。だが、ここではトルストイの悪口に付き合う必要はない。なぜなら教育学の対象は「訓育」ではないというのだから。肝心の「教育」のほうに移ることにしよう。

調和のとれた教育

トルストイは教育学のテーマは人間の発達に影響を及ぼすものと影響を受ける人間との間の相互作用の研究であるというのだが、ここに言われている人間を発達させるものとは何だろうか。農村の子供の場合で考えれば、畑仕事の手伝いや家事の手伝い、家畜の世話、年下の者たちの面倒、子供同士の遊びや歌や踊り、さらにはけんかもあり、泣いたり笑ったり叱られたりという体験の一つひとつが子供を発達させる契機になっている。トルストイはそれらすべてを「教育」と考え、そうしたものの上に自分の学校を建てようと考えているのである。

だが、学校は学校である。そこには教師がいて子供たちに授業をするのだ。それは明らかにあることがらを人為的に子供たちに教授する行為にほかならないが、それは子供を型にはめることにはならないのだろうか。授業内容を決めるのが教師である以上、子供にどんな自由があるというのか。

それに対してトルストイはこう答える、教師は村に物を売りにきた商人のようなものだ、と。商人はこの村ではどんな物が売れるだろうとよく考えて品物をそろえて店開きをする。そこに品物を買いにくるのが生徒というわけだ。生徒は欲しい物があれば買うし、なければ買わない。それは生徒の自由だ。さらに、買って手に入れた品物を何に使うかも生徒の自由だというのである。ただ教師が商人と違うところは、商人の目的は品物をより多く売ることだが、教師の目的は子供たちにい影響を与えるということだ。商人がときに品物の質を下げて利益を上げようとしたり、買い手の無知につけこむことがあるとしても、そうしたことは教師の目的からは考えられないわけである。こうして学校も需要と供給の関係の上に建てればいいではないかとトルストイは言う。

しかし教育の世界にそんな商売の原則を持ち込んでいいものだろうか。教育という買い物を買い手の自由な選択に任せてしまっては、調和のとれた教育など望むべくもないのではないか。

調和のとれた教育？　そう、問題はまさにその調和のとれた教育ということにあるのである。人は子供に調和のとれた教育を施そうとする。さあ、ここに並べた商品をすべて買ってください。すべてを買うと調和のとれた買い物になります、というわけである。だが、買い手のほうにも都合があって、そうそう言われた通りにすべての商品を買うというわけにはいかない。するとどうなるか。それは調和の崩れた買い物、つまりかたよったゆがんだ教育になってしまうわけである。だから、調和のとれた教育をするためには何としても並べた品物をすべて買わせなければならなくなるのだ。子供に調和のとれた教育を施そうとすること、それこそがトルストイに言わせれば型にはめる教育にほかならないのだ。では、どうすればいいのだろうか。

トルストイは言う。そんなことは少しも心配するには及ばない。調和は教育する側にあるのではなく、子供の側に、子供の中にあるのだ、と。子供それ自体が一個の調和なのだ。だが、この調和は完結してしまっている調和ではなく、成長発達する調和なのだ。その成長発達に必要なものは、子供の体が、子供の心が一番よく知っているのであり、こちらは品ぞろえをできるだけ豊富にして、商品の質を高める努力をすればそれでいいのだ。あとは子供の自由に任せればいいのだ、と。

こうして、『国民教育について』と『訓育と教育』の二つの論文によって、トルストイの教育活動が目指した理論的な、そして理念的な部分はかなり明確に理解できるように思われる。そして、こうした考え方はその後も変わっていないのだが、トルストイの教育事業の第一期は官憲の介入という思いがけない事件によって幕を閉じることになり、トルストイ自身、このあとすぐに結婚という一大事件があり、この上ない幸福な結婚生活がそのまま『戦争と平和』執筆の場ともなって、ヤースナヤ・ポリャーナ学校はしばらくの間一時休止の状態が続いたのだった。しかし、『戦争と平和』の完成とともに、ふたたびトルストイの教育熱も燃え上がることになり、『アーズブカ』の製作と並行してヤースナヤ・ポリャーナ学校も復活したのであった。

『アーズブカ』

トルストイは『戦争と平和』にもまして『アーズブカ』に打ち込んだ。このことはまぎれもない事実である。作家トルストイの創作史の中で見れば、『戦争と平

『アーズブカ』の内容（右は第１ページ）

和』と『アンナ・カレーニナ』の間の静かな端境期（はざかいき）に見えるこの時期が、トルストイにとっては苦心に苦心を重ねた実りのある豊かな創造の一時期だったのである。

『アーズブカ』は四つの部分から成り立っており、第一部が文字の読み方、第二部が簡単な読み物、第三部が古代教会スラブ語、そして第四部が算数の初歩である。

第一部を開けると、まず見開きにロシア文字三五文字が太い大文字で並んでおり、この本が字を覚えるための本であることが印象づけられる。そして、そのあとに続くページでは一文字一文字についてブロック体や筆記体など形の異なる六つの書体が紹介され、その下にそれぞれの文字にちなんだ絵が描かれている。たとえば「も」の字の下には「もみの木」が書いてあるという具合である。こうしたページがしばらく続き、次に、文字と文字を組み合わせての発音練習、そして、いよいよ意味のある単語の発音ということになる。そして、その次に単独の単語から文に移っていくのだが、この段階における単語の選択にトルストイがどれだけ気を使っているか、そのこと自体が『アーズブカ』の特色になっていると言ってもよい。

言葉には音があり、リズムがあり、響きがあり、意味があり、言葉が喚起する像がある。ここで使われる言葉はすべて子供の知っているものでなければならない。子供はそれらの言葉をすでによく知っているのだが、こうして文字の形で示されると、それがまったく別のものであるかのように意識される。その意識のギャップを丁寧に丁寧に創造的な思考へと導いていこうとする努力が感じられる。言葉の表すものはすべて身近にあり、いつでも見たり、触れたりできるものだ。それらはどれもありふれた言葉なのだが、しかし、どの言葉もここではなぜかしら深い響きをたたえているように感じられる。ここに並べられた言葉は詩人の口から流れ出る洗練された言葉とは違った美しさを持っている。それは何かしら原初的な、これから磨き上げられるべき原石のような力強さに満ちている。もちろん、一つひとつの言葉のレベルにトルストイの創作がありうるはずはないし、一つひとつの言葉をそれだけ取り出せば、「海」とか「空」とか、ただそれだけのことなのだが、それがある順序でいくつもいくつも並べられると、そこに一つの世界が構成されてくるのである。そして、おそらく、それは偶然の所産ではないのだ。

ЧАСТЬ ЧЕТВЕРТАЯ

СЧЕТЪ.

Названія.		Славянскія.	Римскія.	На счетахъ.	Арабскія.
Ничего и одинъ. Два безъ одного.	Одинъ.	А҃	I	0 0 0 1	1
Одинъ и одинъ. Три безъ одного.	Два.	В҃	II	0 0 0 2	2
Два и одинъ. Четыре безъ одного.	Три.	Г҃	III	0 0 0 3	3
Три одинъ. Пять и одинъ.	Четыре.	Д҃	IIII или IV Пятокъ безъ одного.	0 0 0 4	4

『アーズブカ』第４部の数の名称と数字

短い文の練習には、ロシアの古いことわざがたくさん入っており、そうかと思うと「いろはの練習、おうちがぐらぐら」とか「目をこらせば、それだけ見える」といったような、ことわざなのか格言なのか、トルストイの創作なのかよくわからない、意味のあるようなないような、あるいはどこまで意を汲んでいいのか判然としない文がいくつも見られる。そして、短い文から、だんだんに文がつながってお話が始まる。あるいはまた「まんまる坊ちゃん穴にはまって首つり自殺」といったようななぞなぞが出てくる（答えはボタン）。

第二部は簡単な読み物である。まずイソップの寓話がいくつか並んでおり、トルストイ自身の創作も入っている。自然科学的な読み物があり、ロシア以外の国の歴史や風物の紹介がある。そして、ロシアの古い英雄譚（たん）で締めくくられる。

第三部はロシア語の古文にあたる古代教会スラブ語の練習である。一ページが左右二段組みになっていて、左側に古代教会スラブ語、そして右側にそのロシア語訳が並んでいる。そこにはロシアの古事記にあたるネストルの年代記の一部や、旧約聖書の創世記の第一章、新約聖書からはマタイによる福音書の一節がとられている。
そして第四部が算数の初歩である。

トルストイの世界観

このように、『アーズブカ』は文字通り「あいうえお」を覚えることから出発しながら、少しずつ子供だましでない本格的な百科事典的世界へと子供を導いていく。だが、この百科事典的世界は多数の執筆者による百科事典とは異なり、たった一人の人間が作ったものであるために、そこには一貫したあるものが感じられる。それはほかでもない、トルストイの世界観そのものなのだ。

その世界観をさぐるために、『アーズブカ』の第二部に入っているイソップの寓話の性質をいくつか考えてみよう。

たとえば、こんな話がある。

ある金の卵を産むニワトリがいた。飼い主が一度にもっとたくさんの金を手に入れたいと考えて、ニワトリのおなかを切り裂いたところ、中には何も入っていなかった。

あるいはまた、こんな話も入っている。

毎日卵を一つずつ産むニワトリがいた。飼い主が、餌(えき)をもっとたくさんやればそれだけたくさん卵を産むのではないかと考えて、そうしてみたところ、ニワトリは太りすぎて、卵を産まなくなってしまった。

　これらの話の教訓はイソップの原典においては、欲張りはいけない、欲張ると今手にしているものさえも失うことになるということであり、『アーズブカ』においてもその教訓は生きているのだが、しかし全体が百科事典的な世界の中でこれらのイソップの話を読むと、教訓の重心がやや移動するように見える。それは教訓というよりも自然認識に近いものであり、ニワトリの飼い主がいけなかったのは、欲張りだったせいではなく、せっかくうまくいっている状態を余計なことをしてだめにしてしまったせいだと見えてくるのである。このことは次のような話についても言える。

　ハトがいい暮らしをしているのを見て、カラスが白い粉にくるまってハトになりすまし、ハト小屋に入っていった。ハトたちは気がつかずにカラスを中に入れたが、そのうちカラスがうっかりカアカアと鳴いてしまい、ハトに追い出されてしまった。カラスはしかたなくもといたところに戻ったが、カラスたちは白いカラスを仲間に入れてはくれなかった。

　この話もイソップの原典では欲張りを戒めた話ということになっているが、『アーズブカ』で読むと、カラスの間違いは欲張ったことにあるのではなく、カラスのくせにハトになろうとした点にあったように見えるのだ。つまり、カラスはカラスでいい、カラスはカラスであることがいいのだ、そのよさを理解できずにハトになろうとするのはばかげたことであるばかりか、自ら身の破滅を招くことにほかならないと教えているのである。

つまり、教育活動の出発点において子供の中に調和を見出していたトルストイは、子供ばかりでなく、自然のあらゆるものの中に調和を見ているのであり、子供たちにもそのことを教えようとするのである。命あるものは、すべてある調和の中で生きており、その調和を乱せば決してただではすまないのだ、と。

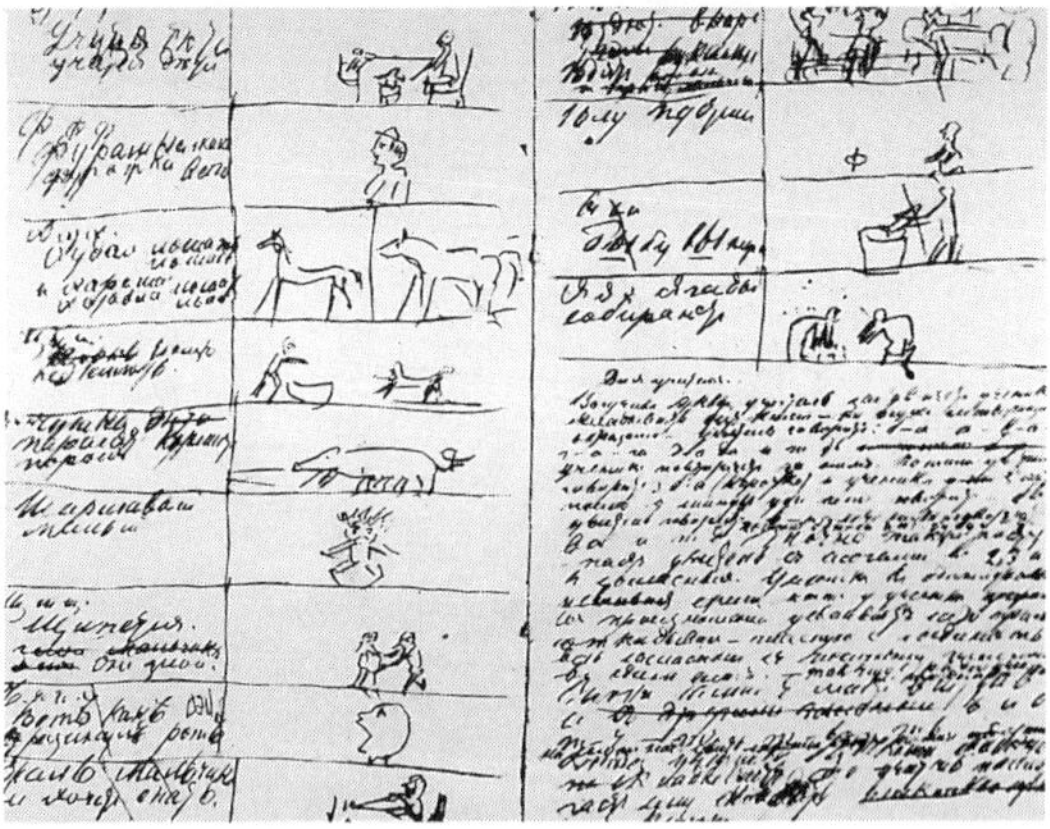

『アーズブカ』執筆当時のトルストイの手帳

こうした考え方は人間の社会と歴史にもそのままあてはめられる。つまり、人々がこれまで生きて生活してきたということは決して当たり前のことではないのである。人々が知恵を絞って自分たちを取り巻く自然とうまく折り合いをつけてやってきたということは、すでにそれだけで学ぶに値することなのだ。『アーズブカ』にロシアの古いことわざがたくさん入っているのも、先人たちの知恵に学ぼうというトルストイの姿勢の現れなのである。こうして『アーズブカ』のトルストイはロシアの古い伝統を重んじる徹底した保守主義者としてわれわれの前に現れることになる。しかし、トルストイが伝統を重んじるのは、あくまでもそれを土台にして前に進むためであることを忘れてはならない。そう、ここまでは前提にすぎないのだ。本当の教育が始まるのはここからなのだ。

教育の最終目標

「教師のための一般的注意」においてトルストイが繰り返し強調しているのは、結論だけを教えてはいけない、頭を使わない機械的な操作だけを教えてはいけない、ということである。なぜそれはいけないのか。それは、そういう教育は自分の頭を使わずに、人の言うことを無批判に信じ込んで、人の真似ばかりする人間をつくってしまうからなのだ。そして、このことは算数において特に顕著だとトルストイは言う。原理的な部分を理解せずに表面的な機械的操作だけを身につけてしまった生徒は、ついに一人立ちできずに終わってしまう。それは教育の敗北である。教師の手から離れても自分で学習していける人間をつくるということがトルストイにとっては大切な教育目標になっているのである。（ところで、算数のところに、十進法は簡便な計算方法だがじつは一番難しいという部分が出てくるが、これはどういうことだろうか。トルストイの『アーズブカ』にはロシアの古いスラブ数字とローマ数字とアラビア数字とそろばんが並列されている。そして、たとえば「にじゅうろく・たす・さんじゅうしち」という場合、数の概念としては「26＋37＝63」よりも「ＸＸⅥ＋ＸＸＸⅦ＝ＬＸⅢ」のほうが子供には理解しやすい、ということを言っているのである。）

だが、人の真似をすることは本当にいけないことなのだろうか。もし、手本がいいものであれば、それを真似るのは悪いことではないのではないだろうか。それに対するトルストイの答えはこうである。よい手本を真似ることは悪いことではないかもしれないが、少なくともそれは意味のないことだ。なぜなら、そこには創造性が欠けているからである。

人を教育するのは、犬や馬を仕込むのとは違う。犬や馬を仕込むのが低級で、人間の教育は高級だということではない。猟犬が猟犬の仕事ができなければ意味がないように、人間も人間の仕事ができなければ意味がない。だから、人間の仕事ができる人間をつくっていかなければならないのである。

では人間の仕事とは何か。それは創造だとトルストイは考える。だから、創造的な考え、創造的な暮らし、創造的な作品以外のものはトルストイにはすべて無意味なものに思えるのである。だから、人真似ではだめなのだ。しかし、創造的であるとはどういうことだろうか。それがまったく新しい一歩を踏み出すことであるとすると、創造は教えたり、教えられたりできるものではないのではないか。

まさしくその通りなのだ。創造そのものは教えたりできるものではない。けれども、自分の頭で考えない人間、人の真似をする人間に創造の世界がすでに閉ざされていることも事実であろう。だから、創造そのものは教えることができないとしても、創造の可能性を開く教育はできるのである。地球が水と魚の上に乗っていると考えている子供のほうが、地球が回っていることを知りながら、それを論証できない子供よりもましであるとトルストイは言うが、なぜましなのだろう。それは、自分の目で見て、自分の頭を使って考えて答えを出す人間は、その答えが間違っているとわかったときに本当の答えを知りたくなるからなのだ。それに対して、答えがいつもほかからやってくる人間にとっては、地球が回っていようが止まっていようが、丸かろうが三角であろうが、じつはどうでもいいのである。あげくのはてには、みんなが三角だと言うなら、それはそれでいいではないかと言い出すのだ。そこには創造の可能性がない。

では、自分で考えた人間が本当の答えを知りたいと思うのはなぜだろう。それは自分の目と頭を信じているからなのだ。自分には確かにこう見える、自分にはこうとしか考えられない、それなのに答えが間違っていた、それはどうしてだろう。自分の目と頭に対する信頼が大きければ大きいほど、本当の答えを知りたいという欲求も強くなる。そこに創造の可能性も開けてくるのである。

教育はともすると、君たちの目にはこう見えているかもしれないが、じつはそれは間違っているとか、君たちはこう考えているかもしれないが、じつはそれは間違っている、というやり方をとりがちだが、それが危険なことなのだ。大切なのは、自分の目を信じることのできる人間、自分の思考を信頼できる人間をつくることなのであり、それこそがトルストイの教育の最終目標になっていると考えられるのである。

寓話に見るトルストイの考え方　これまで紹介してきた『アーズブカ』を第一巻として、『アーズブカ』はほぼ同じ構成で第四巻まで出版された。そして、一八七五年にはお話ばかりを集めた『新アーズブカ』が出された。トルストイの教育論の締めくくりに、ここではその中に収められている話を二つ見てみたい。ここにもトルストイの考え方、ものの見方がはっきり現れている。

狼（おおかみ）と犬

やせた狼が村の近くを歩いていて、太った犬に出会った。狼が犬に尋ねた。

「犬さん、だれに餌（えさ）をもらっているのかね。」

犬は言った。

「人間がくれるんですよ。」

「きっと、骨の折れる仕事をさせられるのだろうね。」

犬が言った。

「いいえ、私たちの仕事は骨の折れるものではありません。仕事というのは毎晩庭の見張りをすることなんです。」

「たったそれだけのことで、そんなに餌がもらえるわけか」と狼は言った。「それなら今すぐにでも、その仕事に就きたいものだなあ。というのも、われわれ狼は餌を手に入れるのが大変なんだよ。」

「いいですよ、いらっしゃい」と犬が言った。「ご主人はあなたのことも養ってくれるでしょう。」

狼は喜んで犬と一緒に人間のところに働きに出かけた。いよいよ門をくぐるときになって、狼は犬の首すじの毛がすりむけているのに気づいた。

狼が言った。

「犬さん、それ、どうしたの。」

「まあ、そういうわけです」と犬は言った。

「何がそういうわけなんだい。」

「つまり、その、鎖のせいですよ。昼間は鎖につながれているわけですから、鎖で首筋の毛がちょっとすれてしまうのです。」

「そういうことなら、犬さん、さよならだ」と狼が言った。「人間のところに行って住むのはやめにするよ。そんなに太らなくたっていいさ、自由ならね。」

猫

お百姓のところにねずみが増えた。お百姓は家に猫を連れてきて、ねずみをとらせようと思ったが、猫は自分が立派になるために連れてこられたのだと思った。そこで猫は骨を食べ、ミルクを飲みして、ぷっくりつやつやになった。そして、もうねずみはとらなくなってしまった。

猫はこう思ったのだ。

「やせて、毛がパサパサのうちは追い出されるのが怖かったけれど、今では毛もつやつやときれいになったから、お百姓が私を追い出すことはないだろう。別の猫を私のようにするのは手間がかかるもの。」

ところがお百姓は猫がねずみをとらないのを見ると、奥さんにこう言った。

「うちの猫は役立たずだ。やせた猫を探しておいで。」

お百姓は太った猫をつかまえると、森に持っていって捨ててしまった。


「狼と犬」はラ・フォンテーヌの『寓話』に含まれている話であるが、トルストイの筆によってその趣（おもむき）はだいぶ違ったものになっている。それは自尊心についての話である。

「狼と犬」で狼が最後に「そんなに太らなくたっていいさ、自由ならね」と言うのは、負け惜しみでもやせ我慢でもない。やせ我慢どころか、そのプライドの高さは無類といってもいいくらいのものなのだ。トルストイ自身非常にプライドの高い人であったが、ここに描かれている自尊心はどのような性質のものなのだろうか。

農民の子供たちのための学校——われわれはそこに集まる子供たちをどんなふうに思い浮かべたらよいのだろうか。先に紹介した『国民教育について』の中にこんな話が出てくる。

貴族の家庭で早くから家庭教師をつけられた五歳の子と、そうしたことを何もしたことのない農民の五歳の子を比べるとき、活発な頭脳を持っているのは必ず後者である、と。

学校に集まってくる子供たちを、みすぼらしい哀れな子供たちだと考えては間違いになるのだ。身なりは確かに貧しかったことであろう。だが、子供たちの目は澄み切ってきらきらと輝いていたのではないだろうか。そして、その魂には健全な自尊心が、少しもゆがめられていない自尊心があったのではないだろうか。そして、トルストイは、その子供たち自身に向かって、そのプライドこそが大切なのだ、これから生きていく上で、それだけは何者にも売り渡してはいけない、と教えているのである。

「猫」のテーマはどのようなものだろう。ここに描かれた猫は『戦争と平和』のエピローグで、ぶくぶくとほかの羊の二倍も三倍も太った羊にたとえられたナポレオンを思い起こさせはしないだろうか。また、この作品にある思想は、『生命について（人生論）』に引用されているマタイによる福音書第二五章にある「タラントン」のたとえ話の思想と同じであるとも言えるだろう。主人から預かったタラントン貨幣は大事にしまっておくべきものではなく、上手に運用して増やさなければならないものなのだ。

この猫は確かに自分の使命を勘違いした。猫の使命は太って毛並みがつやつやになることではない。それは人間でも同じことなのだ。しかし、それなら、人間の使命は何なのだろうか。猫の使命はより多くのねずみをとることだとトルストイは言うが、では、人間は何をするのが使命なのか。猫の使命が太ることでないのと同じように、人間の使命も自分一人の生活を太らせることでないことは言うまでもない。しかし、この「猫」を書いたときのトルストイは、人間の使命の答えはいくつもありうると考えていたのではないかと思われる。人間の創造性はいくつもの分野で発揮されうるし、また発揮していかなければならないものと、この時期のトルストイは考えていたのではなかったか。しかしその後、人間の使命についての考え方は、トルストイの中で大きく方向転換することになり、答えは一つでしかありえない、ということになっていくのである。

第二章　権力と愛をめぐって

㈠「教会と国家」（一八七九年）

〔ここに掲げた論文は、『アンナ・カレーニナ』を書き上げたあとに襲ってきたすさまじい精神的危機をトルストイが何とか克服した時点で書かれたものであり、思想家としてのトルストイの真骨頂を示すものといえる。そこにはあらゆる権威や権力に対して、自由を愛し、強制を嫌うトルストイ流のものの考え方がはっきりと表明されている。〕

信仰の定義　信仰とは生命に与えられる意味のことであり、生命に力、方向を与えるものである。生きている人はだれしもその意味を見出して、それをもとに生きている。もし見出していないとすればその人は死につつあるのである。その探究に、人は全人類が築き上げてきたものをすべて利用する。この人類によって築き上げられたすべてのもののことを啓示と呼んでいる。啓示とは人が生命の意味を理解する助けになるもののことである。人と信仰との関係はそのようなものだ。

信仰を強要する人々

何という驚くべきことではないか。ほかの人たちが、啓示の別の形ではなく、必ずこの形を利用するようにと血眼になる人々が現れてくる。ほかの人たちが自分たちの、まさに自分たちの啓示の形を受け入れないうちは安心できずに、同意しない者のうち、そうできる者はすべて呪詛し、処刑し、殺害する。別の人々がちょうど同じことをする――同意しない者のうち、そうできる者はすべて呪詛し、処刑し、殺害する。また別の人々が、また同じことをする。こうして、だれもが自分たちと同じ信仰を持つことを要求しつつ、すべての人々が互いに呪詛し、処刑し、殺害する。そして結局、信仰は幾百にも上り、みんなが互いに呪詛し、処刑し、殺害しているのだ。

私は最初これほど明白なでたらめが、これほど明瞭な矛盾がどうして信仰そのものを滅ぼしてしまわないのか、そのことに驚いた。どうして信仰を持つ人々はこの欺瞞の中にとどまっていることができたのか、と。そして実際、一般的見地からすれば、このことは理解しがたいし、このことは、あらゆる信仰は欺瞞であり、それらはすべて迷信であるということを反駁の余地なく証明しているのであって、そのことは現在支配的な哲学が証明しているところでもある。一般的見地から眺めるとき、私もまた反駁の余地なくすべての信仰は人の手になる欺瞞であるという認識に到達したのだが、しかし、この欺瞞のばかばかしさそのものや、その明々白々であることと同時に、それでもなお人類全体がその欺瞞に屈伏しているというそのこと自体、この欺瞞の根底にはうそいつわりでない何ものかが横たわっている証拠ではないかと私は考えざるをえなかった。そうでなければ、すべてがあまりにばかげており、だまされるはずなどないからだ。むしろ欺瞞に対する屈伏という、現に生きている全人類に共通するこの事実が、欺瞞の原因になっている現象の重要性を私に認識させたのである。そしてこう確信した結果、私は全キリスト教徒の欺瞞のもとになっているキリストの教えの解明に取りかかったのである。

信仰と暴力

一般的見地からすればそういうことになる。しかし個人的見地からすると、つまり、どの人にしても私にしても、生きていくために、生命の意味に対する信仰を持たなければならないし、現にその信仰を持っているというその見地からすると、信仰の問題における暴力というこの現象は、そのでたらめさという点でなおいっそう驚くべきことである。

実際、ほかの人が私と同じようにただ信じるばかりでなく信奉しさえするということが、どうして、何のために、だれにとって必要でありうるというのだろうか。人が生きているということは、すなわち生命の意味を知っているということだ。彼は神に対する自らの関係を定めて、真理の真理を知っているのだし、私も真理の真理を知っている。二人の表現は異なっているかもしれない（本質は同一であるはずなのだ——われわれはどちらも人間なのだから）。相手がいかなる人であるにせよ、相手に向かって私とすっかり同じように真理を表現せよと要求することを、どうやって、何のために、どんなことが私に強制できるというのだろうか。

人に信仰を変えさせることは、暴力によっても計略によっても欺瞞によっても私にはできることではない(偽りの奇跡だ)。信仰はその人の生命なのだ。人からその人の信仰を取り上げ別の信仰を与えることがいったいどうして私にできるだろうか。それは人から心臓を取り出して別の心臓を入れるのと同じことだ。私にそれができるのは、私のにしろ人のにしろ信仰が言葉であって、それによって人が生きているところのものでないときだけ、つまりそれがぜい肉であって心臓でないときだけである。そんなことができないのは、人が信じてもいないことは、だましたり強制したりしても人に信じさせることはできないからであり、信仰のある人、すなわち神に対する自らの関係を確立し、それゆえ信仰とは神に対する人間の関係であることを知っている人は、ほかの人と神との関係を暴力や欺瞞によって確立したいとは願わないからである。そんなことは不可能なのだが、それが現になされており、つねにいたるところでなされてきたのである。すなわち、そんなことは不可能であるから、そうはできなかったのだが、それとよく似たようなことがなされてきたし、現になされているのである。過去においても、そして現在においてもなされていること、それは人々がほかの人々に信仰のまがいものを押しつけ、その人たちがその信仰のまがいものを受け入れるということだ――信仰のまがいもの、つまり信仰の欺瞞をである。信仰は暴力や欺瞞や利益といった何ものかのために押しつけたり受け入れたりできるものではない。それゆえ、それは信仰ではなく、信仰の欺瞞なのだ。そして、その信仰の欺瞞こそが人類の古い生活条件なのである。

欺瞞の正体

この欺瞞はいったいどういうところにあり、何に基づいているのだろうか。あざむく側にとってはどんな動機があり、あざむかれる側にとっては何がその支えになっているのだろうか。同じような現象のあったバラモン教、仏教、儒教、回教について語るつもりはないが、それはこちらではそれと同じことが見つけられないからではない。これらの宗教について読んだことのある人ならだれにとっても、それらの信仰においても、キリスト教と同じことが起ったことは明らかであろう。だが、私はもっぱら、われわれのよく知っている、われわれにとって必要で大切な信仰としてのキリスト教について話そうと思うのである。キリスト教においてすべての欺瞞がその上に打ち立てられているのは、何の根拠もない、そして思いもかけない無益なばかばかしさでキリスト教研究の最初から人を驚かせる教会という奇っ怪な観念である。

教会という観念

神を恐れぬあらゆる観念および言葉の中で、教会という観念以上に神を恐れぬ観念や言葉はない。教会という観念ほど悪を生んだ観念はないし、キリストの教えに敵対する観念はない。実際エックレージヤという言葉は集会を意味しているだけで、それ以外の何ものでもなく、福音書においてはそのように使われている。あらゆる民族の言語においてエックレージヤという言葉は祈りの家という意味である。教会の欺瞞が一五〇〇年にわたって存在したにもかかわらず、それ以上の意味ではこの言葉はどの言語にも浸透しなかった。が、教会の欺瞞を必要とする司祭たちがこの言葉に与えている定義によれば、この言葉は、私がこれから話すことはすべて真理であり、もし信じなければ、火あぶりにするか、呪詛するか、あるいはさんざんに侮辱しようという前置き以外の何ものでもなくなるのである。こうした観念は、ある種の弁論術の目的のために必要な詭弁(きべん)であり、そうした観念が必要な人にとってのみ価値がある。民衆には、いや民衆ばかりでなく、教養ある人々の社会や集団にも、これが教理問答で教えられているにもかかわらず、この観念はまったくない。

教会の定義

この定義は（これを真剣に検討することがどれほど恥ずかしいにしろ、かくも多くの人々がかくも真剣にこれを何か大切なもののように触れ回っている以上、これはしなければならないことだ）――この定義はまったくでたらめである。教会とは真の信者の集まりであると人が言うとき、それは実際には何も言ってはいないのだ（非現実的な死者のことはもはやおいておこう）、なぜなら、かりに私が、合唱団とはあらゆる真の音楽家の集まりであると言ったとしても、私が真の音楽家という言葉で何を指しているのかを言わなければ、何も言ったことにはならないからだ。ところが神学によれば、真の信者とは教会の教えに従っている人々、つまり教会に属している人々のことなのだ。そのような真の信仰が数百もあるということはもう言わないとしても、この定義は何も語っていないし、むしろ、合唱団とは真の音楽家の集まりであるという定義と同じように無益であるように思える。ところが、この定義のすぐ裏側にこそ尻尾の先が見え隠れしているのである。教会は真正唯一であり、そこには牧師と会衆がいる。そして、神によって定められた牧師がほかならぬ真実唯一の教えを教えるのである。すなわち「神かけて、われわれが話すことはすべて、すべて真実の真理である」と。まったくそれだけのことなのだ。欺瞞のすべてはここに、つまり教会という言葉と観念にあるのである。そして、この欺瞞の意味は、ほかの人々に自らの信仰をむやみに教えたがる人々がいるということなのだ。

信仰を強要する理由

いったい何のために彼らはほかの人々に自分の信仰をそれほどまでに教えたいのだろうか。もし彼らに本当の信仰があるのなら、彼らは、信仰とは生命の意味であり、人それぞれが神との間に確立する関係であって、それゆえ信仰は教えられないこと、教えられるのは信仰の欺瞞だけであることを知っているはずである。なのに、彼らは教えたいのだ。何のためなのか。最も簡単な答えは、坊さんにはせんべいと卵が必要であり、主教さまには御殿とパイと絹の祭服が必要だということである。しかし、この答えでは不十分だ。

欺瞞の内面的・心理的理由、欺瞞を支えている動機は、疑いなく、このようなものである。しかし、ある一人の人間（死刑執行人）が何の恨(うら)みも抱いていない別の人間を殺すという決意がどうしてできたのかということを解明しようとして、死刑執行人が殺すのは、ウォッカや白パンや赤いシャツがもらえるからだ、というだけでは不十分であるのとちょうど同じように、キエフの府主教と修道士たちが聖者の遺骸だと言って袋にわらをつめるのは、ただただ三万ルーブルの収入を手に入れるためだというだけでは不十分である。いずれの行為も、そんな単純で粗野な説明でこと足りるためには、あまりに恐ろしく、人間性に反したものだ。死刑執行人も府主教も自分の行いを説明するのに数多くの論拠を持ち出すであろうが、その主要な根拠は歴史的伝承ということであろう。「人の処刑はなされなければならないのだ。この世ができて以来、処刑は行われてきた。私がしなければ、別の人間がするのだ。私は神の助けを借りて、ほかの人間より上手にやってのけたいものだ」。それと同じように府主教はこう言うだろう。「外面的に神を敬うことは必要である。この世ができて以来、聖者の遺骸は敬われてきた。洞窟の遺骸は敬われているから人々がここにやってくるのだ。私がしなければ、ほかの人間がその管理をすることだろう。私は神の助けを借りて、聖物冒瀆の欺瞞によって手に入れたこれらのお金を神のために人より上手に使いたいものだ」と。

欺瞞の源泉

信仰の欺瞞を理解するためには、その始まりと源泉へとおもむかなければならない。われわれが語っているのは、われわれがキリスト教について知っていることである。キリスト教の教義の最初に目を向けるとき、われわれは福音書の中に、外面的敬神をはっきりと排除し、それを非難し、とりわけあらゆる教育活動を明白に、きっぱりと否定している教えを見出すのである。ところが、キリストの時代から現代へと近づくにつれて、われわれはキリストによって築かれたこれらの土台からの教義の逸脱を見出すのである。この逸脱はキリストの使徒たち、なかでも教育好きのパウロの時代から始まっている。そしてキリスト教が広まれば広まるほど、教義はますます逸脱していき、キリストによってあれほどきっぱりと否定を表明されている、ほかならぬ外面的敬神と教育活動の方法をわがものとしていくのである。けれども、キリスト教の最初の時期には、教会という観念は、私が真実なものと見なしている信仰を共有するあらゆる人々のシンボルとしてのみ用いられているにすぎない――この観念はそれが言葉による信仰表現を内に含まず、生活全体による信仰表現を内に含むときにはまったく正しいものなのだ。なぜなら、信仰は言葉では表現されえないからである。

事業としての教会

意見を異にする人々に対する論拠として、真正な教会という観念も用いられたが、コンスタンティヌスとニカイア公会議以前には、教会は観念にすぎないのに対して、コンスタンティヌスとニカイア公会議以降、教会は事業に、そして欺瞞の事業になっていくのである。遺骸を扱う府主教たち、聖体機密を行う司祭たち、イヴェルスカヤ（モスクワにあった礼拝堂。その名のついた偶像が祭りに担ぎ出されていた）、宗務院等々、われわれをこれほど驚かせ、ぞっとさせる欺瞞が始まるのだが、それはその醜悪さの点で、これらの人々の利益にのみ十分な説明を見出すことはできないのである。この欺瞞は古いものであり、それはただ個々人の利益から始まったものではない。自分が最初で、ほかに理由がないとすれば、こんなことをしようと決意する悪人などいるものではない。こうしたことを導き出した原因は善意のものではなかったのだ。「木は実によって知られる」。始まりは悪であった――憎しみ、人間の高慢、アリウスその他に対する敵意であった。そして、もう一つの、さらに大きな悪がキリスト教徒と権力との統一である。

権力、すなわち異教徒の観念では人間の偉大さの最高位にある（神々の列に加えられていたのだ）コンスタンティヌスがキリスト教を受け入れ、全人民に模範を示し、人民を説得し、異端者に対しては救いの手を差し伸べ、公会議によって唯一正当なキリスト教信仰を確立するのである。

キリスト教と権力

全世界的キリスト教信仰が永遠に確立された。こうしてこの欺瞞に従うことが当然のこととされ、なお現在に至るまで、この出来事が救いであったとすっかり信じられているのである。だが、これはキリスト教徒の大半が自らの信仰を放棄した事件だったのだ。それはキリスト教徒の大多数がキリスト教の名を携えて異教の道へと踏み出し、現在に至るまで歩み続けている、その分かれ道だったのだ。カール大帝、ウラジーミルもこれと同じことを続けている。そして教会の欺瞞は現在まで続いており、その欺瞞は、権力によるキリスト教の受容が必要なのは、キリスト教を精神ではなく字面で理解する人々にとってであるという点にあるのである。なぜなら権力を捨てずにキリスト教を受容することはキリスト教に対する嘲笑であり、キリスト教の歪曲（わいきょく）であるからだ。

キリスト教による国家権力の神聖化は聖物冒瀆であり、キリスト教の破滅である。いつわりのキリスト教と国家との冒瀆的な同盟のもとに一五〇〇年を過ごしたあとでは、一五〇〇年間権力の気に入るようにいたるところでキリストの全教義を不具なものにしてきた複雑な詭弁のすべてを忘れ去るには多大の努力が必要であり、キリストの教義が国家とうまくやっていけるように、国家の神聖さと合法性、国家がキリスト教的である可能性を説明しようと人々は努力してきた。だが実際には『キリスト教国家』という言葉は「暖かく熱い氷」という言葉と同じことなのだ。国家とキリスト教は並び立たないのである。

このことをはっきり理解するためには、われわれが熱心に教え込まれる絵空ごとをすべて忘れ去り、われわれが教えられる歴史学と法学の意味をまっすぐに問う必要がある。これらの学問はいかなる根拠も有してはいない。これらの学問は暴力の弁明以外の何ものでもないのである。

ペルシャ人やメディア人などの歴史は省いて、キリスト教との同盟を最初に結んだ国家の歴史を取り上げよう。

ローマの歴史

ローマに盗賊団の巣窟があった。それは略奪や暴行や殺人によって拡大し、人民をわがものにしてしまった。盗賊たちやその子孫たちは、カエサルとかアウグストゥスとか名乗る者を首領に戴き、自分たちの欲望を満足させるために人民から奪い取り、人民を苦しめた。そうした盗賊の首領たちの後継者の一人であるコンスタンティヌスは書物を読み飽きてしまい、淫蕩な生活にもうんざりして、それまでの宗教よりもキリスト教のある種の教義のほうをよしとした。彼は人々を犠牲にするよりもミサのほうをよしとし、アポロン、ヴィーナス、ゼウスを崇めるよりも唯一の神とその子キリストのほうをよしとし、自分の権力下にあった人々の間にその信仰を導入するように命じた。

「皇帝たちが人民を統治しているが、諸君の間においてはそうではない。殺すな、姦淫するな、富を持つな、裁くな、宣告するな、悪を耐え忍べ」これらすべてのことを彼に言った者はだれ一人としていなかった。「きみはキリスト教徒と名乗り、しかも引き続き盗賊団の首領であり、人を打ち、焼き、戦い、淫蕩な暮らしをし、処刑し、ぜいたくな暮らしをしたいのか。いいだろう」。

こうして人々は彼にキリスト教を整えてやった。しかも、とても快適に、むしろ思いがけないほど快適に整えたのだ。彼らは彼が福音書を読めば、そこでは寺院の建立やそこへのお参り以外にすべてのこと、すなわちキリスト教徒の生活が求められていることに気づくかもしれないと予見していた。彼らはそれを予見していたので、注意深く、彼が気がねなく昔通りの異教徒的な暮らしができるようにキリスト教を按配したのである。一方では、神の子キリストがやってきたのは、ほかでもない、皇帝とすべての人々の罪を贖うためであった。キリストが死んだ以上、コンスタンティヌスは好きなように生きることができるわけである。だが、それればかりではない——懺悔して、一片のパンをワインにつけて飲み込めば、それで救われ、すべてが赦されるのだ。それればかりではない——彼らはさらに盗賊の権力を神聖なものとし、それは神に由来すると言って、皇帝に油を塗ったのであった。その代わりに皇帝も彼らが欲する通りに司祭の集まりを創設して、神に対する各人の関係がいかなるものでなければならないかを述べよと命じ、各人に対してはその通りに繰り返せと命じたのである。

そしてみんなが満足し、こうして一五〇〇年の間、ほかならぬこの信仰がこの世に生きながらえ、そしてほかの盗賊の首領たちもこの信仰を導入し、みんなが油を塗られて、だれもかれもが神に由来しているわけである。ある悪人がみんなから奪い取り、たくさんの人々を殺すと、彼は人々に油を塗られる——彼は神に由来しているのだ。わが国では夫殺しの淫婦（エカテリーナ二世のこと）が神に由来していたし、フランス人にあってはナポレオンがそうである。それに対して司祭たちは、もはや神に由来するばかりか、ほとんど彼ら自身が神なのである。なぜなら、彼らの中には精霊が宿っているからだ。法王にも、わが国の宗務院とその役人たちにも宿っているのである。そして油を塗られたある人、すなわち盗賊団の首領が他国や自国の人民を殺したいと思うや、ただちに聖水が用意されて、彼に注がれ、十字架が持ってこられ（ほかならぬこうした盗賊たちを否定したために赤貧のキリストが死んだその十字架である）、人殺しやしばり首や首を切り落とすことが祝福されるのである。

盗賊たちと詐欺師たち

こうしてすべてがうまくいくはずだったのだが、ここで意見の一致が得られずに、油を塗られた者同士が互いを盗賊呼ばわりし始め（それが現実の姿なのだが）、司祭たちは互いを詐欺師呼ばわりし始めたのだ（それが現実の姿なのだが）。一方、人民は聞き耳を立てるようになり、油を塗られた人々のことも、精霊の保持者たちのことも信じなくなり、彼らから聞き覚えて、彼らのことを自分たち自身がそう呼んでいる正当な名で、すなわち盗賊、詐欺師と呼ぶようになったのである。

だが、盗賊たちについては、彼らが詐欺師たちを堕落させたという理由で、ついでに述べたにすぎない。問題はあくまで詐欺師たちのこと、いつわりのキリスト教徒たちのことなのだ。彼らがこうなってしまったのは盗賊たちと手を結んだからである。そしてそれ以外にはなりようがなかったのである。彼らが最初の皇帝を神聖化し、信仰を、卑下と自己犠牲と忍辱の信仰を暴力によって援助することができると皇帝を説得した最初の瞬間から、彼らは道を踏みはずしてしまったのだ。空想でない現実の教会の歴史のすべては、すなわち皇帝権力下の位階制の歴史は、この不幸な位階制が教義の真理をうそによって広め、実際には真理から遠ざかりながら、教義の真理を保持しようとしてきた空しい試みの連続なのである。位階制の意義は、それが教えようとしている教義にのみ基づいている。教義は卑下、自己犠牲、愛、貧困について語るが、その教義は暴力と悪によって広められているのである。

位階制が何かを教え、信奉者を持つためには、教義に背かないことが必要であるが、自分自身および権力と自分との不法な結びつきを清めるためには、この上なく手のこんだあの手この手を使って教義の本質を隠す必要がある。そしてそのためには教義の重心を教義の本質にではなく、その外面へと移す必要がある。そして、まさにそのことをこの位階制はしているのである。

捏造された信仰

つまり、こういうことだ。教会によって広められている信仰の欺瞞の源泉、それは教会の名のもとに位階制と権力、すなわち暴力とを統合したことなのだ。

ほかの人たちに信仰を教えたがる人がいるということの源泉は、真の信仰は自分たち自身の正体を暴露するので、真の信仰の代わりに、自分たちを正当化するような捏造された信仰をすえる必要があるということなのだ。真の信仰はどこででも可能であるが、ただ、それが明らかに強制力を持つところ、すなわち国家の宗教においてだけは可能でない。真の信仰はいわゆる分離派や異端のあらゆるものの中にありうるが、おそらく、国家と結びついたところにおいてだけはありえないのである。奇妙なことだが、「正教、カトリック、プロテスタント」という信仰の名称が意味しているのは、これらの言葉が普通の会話で使われている通り、権力と結びついた信仰、すなわち国家の信仰以外の何ものでもなく、それゆえいつわりの信仰なのである。

欺瞞の始まり

キリスト教の最初の二世紀においては、教会、すなわち多くの人々、大半の人々の同一思想という観念と、それとともに教義の源泉への親近性ということは、外面的なよくない論拠の一つにすぎなかった。パウロは「私はキリスト自身から聞き知った」と語り、別の者は「私はルカから聞き知った」と語った。そして、だれもが、われわれの考えは正しい、われわれの考えの正しい論拠は、われわれが大きな集団、エックレージヤ、教会であるからだと語ったのである。ところが、皇帝によって開かれたニカイア公会議になってはじめて、同一の教義を信奉する一部の人々にとって、直接的なあからさまな欺瞞が始まったのである。「われわれと精霊の意のままに」と言うようになったのはそのときである。教会の観念はもはやよくない論拠ではなく、ある人々にとっては権力になった。それは権力と結びついて、権力として働くようになった。そして権力と結びつき、権力にぬかずいたものはすべて、信仰であることをやめて、欺瞞になったのである。

キリスト教の教義

いかなる教会のであれ、あるいはすべての教会の教義としてキリスト教を理解するなら、キリスト教が教えているのは何であろうか。混ぜ合わせたり、細かく分けたりしてどれだけ好きなように検討しようとも、キリスト教の全教義はたちどころに二つの部分に峻別(しゅんべつ)される。すなわち、子の神聖、霊、霊と子の関係から始まって、ワインを伴う聖体機密、伴わない聖体機密、味のないパン、あるいは酸っぱいパンに至るまでの教理に関する教えと、卑下、清廉、肉体的・家庭的清浄、不宣告、束縛の拘束からの自由、平和の愛好などの道徳的教えである。教会の教師たちが教えるこれら二つの面をいくら混ぜこぜにしようとしても、それらは決して混ざることなく、水と油のように、いつでも大きいしずくと小さいしずくに分かれていた。

教義のこれら二つの側面の区別はだれにとっても明らかであるし、だれでも両方の側面の産物を諸国民の生活の中に跡づけることができるし、またその産物によって、どちらの側面がより重要であるのか、かりに、より真実であるという言い方ができるとすれば、どちらの側面がより真実であるのかを判断することができる。一方の側面からキリスト教の歴史を眺めるとき、人はぞっとさせられることだろう。例外なく、一番初めから一番終わりの現代まで、どこを見ても、また一番最初のキリストの神性の教理から、指の組み方、ワインつきの聖体礼儀かワインなしのそれかに至るまでの、どの教理を眺めても、教理の解釈に対するこうしたすべての知的労働の産物は、悪意、嫌悪、死刑、追放、妻子の流血騒ぎ、火あぶり、拷問である。別の側面、神と交わるために荒れ地に身をひそめることから、牢獄にパンを施す習慣に至るまでの道徳的教えの側面を見ると、その産物はわれわれのあらゆる善の観念であり、われわれにとって歴史のたいまつの役割を果たしてくれるあらゆる喜ばしいなぐさめなのだ。

　目の前にその両方の産物がまだはっきりと見えていなかった人々は思い違いをすることもあったし、思い違いをしないわけにはいかなかった。教理に関するそうした論争に熱心に参加した人たちも、自分たちがそれらの教理で神にではなく悪魔に仕えていることには気づかずに、またキリストはすべての教理を打ち壊すためにやってきたとはっきり語っていることには気づかずに、思い違いをすることができた。そうした教理が重要であるという言い伝えを受け継ぎ、自分の誤りが目に入らないようなゆがんだ知的教育を受けた人たちも思い違いをすることができた。それらの教理が言葉あるいは非現実的想念以外には何も表していないように思える人たちも思い違いをすることができた。しかし、あらゆる教理を否定している福音書の第一の意味が開示されているわれわれは、また、そうした教理の歴史の産物を目の前にしているわれわれは、もはや間違えることなどできはしない。歴史はわれわれにとって教義の真実さの試金石であり、機械的な試金石でさえある。

人を滅ぼす教理と人を救う教え　聖母の処女懐胎（かいたい）の教理は必要だろうか、必要ないだろうか。この教理から何が生じたであろうか。悪意、悪口雑言、嘲笑である。では利益はあったのか。何も。淫婦を責めてはならないという教えは必要だろうか、必要ないだろうか。この教えから何が生じたであろうか。何千回何万回と人々はこれを想起して心を和らげたのだ。

もう一つ。いかなる教理であれ全員が同意しているだろうか。――否。――求める者には与えられるということはどうか。――全員が同意する。

だから、第一のものは、だれも同意せず、だれにも必要でなく、人々を滅ぼす教理であり、これこそ位階制が信仰の代わりに与えてきた、そして現に与えているものなのだ。第二の、みんなが同意し、みんなに必要で、人々を救うほうのものを位階制はあえて否定はしなかったが、教義としてあえて提示もしなかった。なぜなら、その教えは位階制そのものを否定しているからである。

(二)　トルストイの宗教思想

トルストイの宗教思想の特徴　トルストイの宗教思想の骨格およびその発展の様子は『懺悔』(一八七九年)、『わが信仰のありか』(一八八四年)、『生命について(人生論)』(一八八七年)、『神の国は汝らのうちにあり』(一八九三年)、そして『宗教とはなにか、そしてその本質はどこにあるか』（一九〇二年）によって知ることができる。

それらの著作からまず言えることは、トルストイの宗教思想の特徴になっているのが、徹底した教会批判、国家批判、科学批判、社会制度批判——すなわち現存するほとんどありとあらゆるものに対する批判ということであり、その批判の徹底ぶりに対しては、当時トルストイに好意的だった人々ですら、いささか度が過ぎはしないかと感じていたし、現在でも、思想家としてのトルストイはちょっと極端すぎるという言い方がよくなされる。しかし、トルストイの主張するところが極端であるかどうかを判断する前に、トルストイの宗教思想がなぜ批判という形をとるのか、その理由から考えていくことにしたい。

トルストイの宗教論の出発点に位置する『懺悔』によれば、人生の半ばにおいて道を見失ったトルストイは、真の信仰を求め、神を求めてさまよい歩き、苦悩の末についに安心立命の境地に達したのであった。つまり、長い苦悩の末にではあったが、とにかく結局は幸福な安定した境地が獲得されたのである。そうであるなら、何も怒りにわれを忘れたかのような口調で現実社会のあらゆるものを批判する必要などないのではないだろうか。自分の到達した境地がそれほど真実なものであり、幸福なものであるなら、ただ静かにその境地を説明し、そこに至る道を示してくれればそれでよいのではないだろうか。ところが、トルストイの宗教思想は、現れとしてはその大部分が批判という形をとるのであり、しかもその口調の毒々しさがなみたいていのものではないのである。トルストイの主張がときとして極端に感じられるのも、主張の中身そのものよりも、むしろ口調のあまりの毒々しさによるところが少なくないと思えるほどだ。

「教会と国家」の場合

具体例として、ここに訳出した「教会と国家」の場合を見てみよう。ここに述べられているトルストイの主張をそのまま素直に受け取るとすれば、教会と呼ばれるものが、ロシア正教のそれであれ、カトリックやプロテスタントのそれであれ、すべて欺瞞のかたまりであることは承知できる。もっとも、教会を欺瞞のかたまりとする主張は、ある種の人々にとっては信じがたく、また許しがたい冒瀆であろうから、そんな主張を鵜呑みにしてはいけないと言う人もあるだろう。だが、ここではとりあえず、トルストイの主張をそのまま受け入れることにしたい。問題はその先にあるのだ。さて、教会の教えていること、教会のしていることがまったくのでたらめであると認めるとすれば、当然次に浮かんでくる疑問は、では教会の教えではなくて何を信じればよいのかということになるが、それに対してトルストイはどう答えているのだろうか。

信仰を持たない人間にとっては教会のしていることはでたらめであるという論証よりも、何を信じるべきかという論証に力を入れてほしいところなのだが、この「教会と国家」ではほとんどすべてが前者の論証にあてられている。では、何を信じるべきかに当たるのはどの部分なのだろうか。

まず冒頭の「信仰とは生命に与えられる意味のことであり、生命に力、方向を与えるところのものである」がそれに当たる。また、「信仰のある人、すなわち神に対する自らの関係を確立し、それゆえ信仰とは神に対する人間の関係であることを知っている人は、云々」という部分にもトルストイの信仰観がうかがえよう。だが、いずれの場合も、では生命にどんな意味を与えたらよいのか、神との間にいかなる関係を築けばよいのかという問いには答えてくれないように見える。そしてこのことは、この小論「教会と国家」に限らないのである。

『わが信仰のありか』にしても『神の国は汝らのうちにあり』にしても、また『宗教とはなにか、そしてその本質はどこにあるか』にしても、そこでの主張というのは、真のキリスト教は宗教的規則を一切必要としない、法律も神話も呪術も必要としない、むしろ、そうした人間的制度をすべて否定しているのが真のキリスト教なのだという調子のものであり、キリスト教はこれでもないしあれでもないという言い方が目立つのである。あれもこれもでたらめだという憤怒の口調ばかりが目について、では真のキリスト教とはどのようなものかの説明があまり目立たないように感じられるのだ。

批判という形をとる理由　しかしそう感じるのは、ひょっとすると読み方が間違っているせいなのかもしれない。真実は単純なものなのであって、多言を要しないものなのかもしれないのだ。たとえば、次のようなことを考えてみよう。2×2という計算について、世間では、その答えをある者は5だと言い、またある者は6だと言い、またある者は7だと言っているとしよう。そうした世間に対して、正解を知っている人は、2×2は5ではない、6ではない、7ではないと長々と続けるしかなく、4という答えのほうを長々と引き延ばすことはできないのだ。そして、正解を知っている人にとって、人々に2×2を教える際に何より障害になるのは、人々が2×2について考えようとしないことなのである。なぜなら、人々は2×2が5であり、6であり、7であることをすでに知っているからだ。もし、人々が2×2について真剣に考えており、その答えの部分が空白のままであれば、ことはどれほど容易に運ぶことだろう。しかし、実際には答えの欄はすでにふさがっており、人々は2×2について久しい以前から考えることをやめてしまっているのである。

トルストイの宗教思想が置かれていた状況は、おそらく、このようなものだったのだ。トルストイはまず答えの欄を空白にすることに力を尽くさなければならなかったのであり、彼の宗教思想の大部分が批判の形をとるのは、そのせいだと考えられるのである。そしてもしそうだとすれば、いかに目立たないように見えようとも、やはり答えは与えられていることになる。2×2＝4という部分をもっと注意して見る必要があるのである。

トルストイの信仰観

「教会と国家」に戻って、信仰とは神と人間との関係であり、生命に意味と方向性を与えるところのものである、というトルストイの信仰観を吟味してみよう。ここで「人間」というのは「人々」でも「人類」でもない、一人の人間のことである。とすれば、一人の人間が単独で神との間に築く関係が信仰ということになる。一人の人間と神の間にほかのものが介在してはそれは信仰とはいえなくなるのだ。したがって、神との間にどんな関係を築くべきなのかと、神以外のものに尋ねること自体がすでに信仰でないものを求めることになるのである。こう考えるトルストイにとって、教会のしていることがどのようなものに見えたかは明らかであろう。人間と神との関係はどうあるべきか、それを知っているのはわれわれである、われわれだけである——それこそが教会の主張なのであった。だが、トルストイに言わせれば、それは人と教会との関係を築くことであって、本来神が位置すべきはずのところに教会が居座ってしまったことになり、教会こそが真の信仰の最大の障害物ということになるのである。生命に意味と方向性を与えるのは、ただ神の声だけであって、教会の声は神の声を聞く妨げにしかならないのだ。トルストイの立場に立てば、教会を非難するトルストイの口調が荒々しくなるのもうなずけることなのではあるまいか。

トルストイにとってのキリスト

だが教会を取り除けば、それでただちに人は単独で神の前に立つことができるのだろうか。それでただちに神の声が聞こえてくるのだろうか。どの声が神の声なのか、せめてその見当なりをつけてくれる手引きが必要なのではないだろうか。

そう、まさしく手引きは必要なのであり、その手引きはすでにわれわれの目の前にあるのだ。その手引きこそキリストにほかならない。そして、キリストだけが、その役目をなしうるとトルストイには思えた。だからトルストイの主張は、教会ではなくキリストに従えということになるのである。

トルストイのキリスト像は『わが信仰のありか』に鮮明に描き出されているが、トルストイにとってすべての鍵になったのは、マタイによる福音書の第五章にある次の文であった。

「あなたがたも聞いているとおり、『目には目を、歯には歯を』と命じられている。しかし、わたしは言っておく。悪人に手向かってはならない」

悪人に手向かってはならない――この言葉をそのまま素直に心に受け入れたときに、トルストイの前にまったく新しい世界が見えてきたのであった。そして、それと同時に、福音書に書かれてあることのすべてが一つ残らず一個の全体に融合し、キリストの教えがもたらす世界観、生命観の新しさ、そのまばゆいばかりに独創的な新しさが圧倒的な力でトルストイを引きつけたのであった。

悪や暴力は、いかなるときに、いかなる使われ方をしようとも、決して善に転化することはありえないし、人に幸福をもたらすこともありえない。悪や暴力に打ち勝つものはまじりけのない善であり、ただ愛だけである――キリストの教えをトルストイはそのように理解した。そしてこの教えの正しさははっきり歴史の証明するところであることも理解したのである。

キリストの教え

キリストの教えは単純なものであり、その教えを理解するのに聖母マリアの処女懐胎は必要ではないし（トルストイは自分のイエス伝である『要約福音書』を「イエスはててなし子であった」の一文で始めている）、イエスの復活も必要ではなかった。キリストが語ったことは、教会が教えるように、何かの比喩でもシンボルでもなく、それはキリストが口にした、そのままの言葉であり、そのまま実行に移されるべき言葉なのであった。

悪に対する無抵抗という教えが、トルストイにキリストの教えの圧倒的な新しさを教えたのであったが、それはトルストイにとって、キリストの教えを理解する第一歩にすぎなかった。その先に、さらに大胆なキリストの生命観があることにトルストイは気づいたのである。

悪に手向かってはならないという教えは、悪に手向かわないためにわざわざ悪の行われているところへ素手でかけつけて、そこで破滅せよという意味なのではない。それは、悪は決して善にはならないし愛を生むこともないということを言っているのである。そしてそれは、人間の幸福は善のうちにしか、愛のうちにしかないという意味なのであり、人が幸福のためにこの世に生まれてくるのだとすれば、愛こそが人間の生命そのものであると考えざるをえない――トルストイはキリストの教えの中にそのような生命観を読み取ったのであった。

人間にとって、生命とは愛であり、この愛はいかなる悪や暴力、さらには死によってさえも損なわれることがない――この命題があらゆる意味で真実であることをトルストイは確信するようになる。あらゆる意味でというのは、このただ一つの命題から彼の教会批判、国家批判、社会制度批判、科学批判が生まれてくるという意味であり、つまり、トルストイはこの命題の宗教的、政治的、社会科学的、自然科学的真理性を信じて疑わなかったという意味である。

国家に対する姿勢

国家がその存立基盤に暴力を持っている以上（というより、トルストイの目には国家は暴力装置そのものに映っていたのだが）、国家が批判の対象になるのは当然であるが、それは批判というより、むしろ拒否に近いものであった。国家にはかかわるな、というのがトルストイの主張だったのである。国家が国家である以上、よりよい国家などありえないのだから、そんなものをよくしようなどと考えてはならない、ただできるだけ国家とは交渉を持つなというのがトルストイの主張だったのである。

国家に関連して、トルストイの考え方を非常に明瞭に表しているものに彼の裁判批判がある。悪人を裁き罰する裁判所が、トルストイの目に、悪に報いるに悪をもってするという誤りを犯していると映ったであろうことは容易に理解できるが、しかし、裁判所は本当に批判されるべきものなのだろうか。というのも、裁判を批判するトルストイの口調を聞いていると、ほかならぬ裁判所こそが悪人をつくり出しているのだと言わんばかりだからである。しかしだれが考えても、悪を働いているのは悪人のほうであり、犯罪者のほうであって、裁判所はあくまでもそれを裁いているにすぎない。だから、かりに裁判の方法に問題があるとしても、われわれの生活を守ろうとする裁判所の姿勢に誤りはないのではないだろうか。

しかし、トルストイはそうは考えないのである。トルストイにとって、愛を知らないために人間の幸福を知らず、人間の幸福を知らないために理性的な暮らしができずに人に悪を働いてしまう人間、あるいは一時的な感情の爆発によって理性を失って悪を働いてしまう人間は、不幸な哀れむべき存在でしかないのである。それらの人々は不幸な哀れむべき存在なのであって、決して批判の対象にはならないのだ。しかも、トルストイの考えによれば、そのようにして生じる悪は全体として見れば取るに足りないものであり、一時的なものでしかないのだ。トルストイの目に、そのようにして生じる悪より、はるかにたちの悪いものとして映ったのがいつわりの善意であり、いつわりの愛だったのである。

裁判所は人々を悪から守るというが、それは愛の力を信じないからこそできることなのである。そこでは、暴力は暴力でしか抑えられないということが、当然の前提とされている。そして、それが当然の前提であるのなら、裁判所は、つきつめればいかなる場合にも国家に奉仕する以外のことはできないのだ。それが本質であり、しかもそのことを十分承知しているのに、あたかも愛を守っているかのように見せかける裁判所は、トルストイにとっては偽善者以外の何ものでもなく、偽善者は徹底的に糾弾(きゅうだん)されなければならなかったのである。なぜなら、それは人々にとって悪人よりはるかに恐ろしい存在だったからだ。

偽善について

悪人が世間にまき散らす悪は個人的なものであり一時的なものであるが、偽善者が世間にふりまく偽善は組織的なものであり、一時的なものではない。一人の責任でなら、どんな悪人も決してしないであろうようなことが、組織においては責任が分散するためにいとも簡単になされてしまう。そして、何より恐ろしいのは、偽善的な行為によって、愛に対する人々の観念がゆがめられてしまうことなのだ。裁判所に守られていると感じる人々は、知らず知らずのうちに愛が無力であることを信じるようになるのである。

社会制度に対する姿勢

教会や社会改良家に対するトルストイの批判も、これと同じ視点に立つものであった。教会に限らず、組織や制度で人間を幸福にしようと考える者は、考え方の根本に必ず愛に対する不信を持っている。つまり、心のどこかで人の愛などあてにはならないと思っているからこそ、組織や制度を整えようとするのである。だが、人の目がいったんそちらを向いてしまうと、それは取り返しのつかない事態を招かないとも限らないのだ。なぜなら、人は組織をますます堅固なものにし、ますます制度を整えて、ますます人の愛などあてにしなくてすむ社会を築こうとするようになるだろうからだ。だが、それは人間にとって自殺行為でなくて何であろうか。

人間にとって、生命の本質が本当に愛であるのなら、愛以外のものを当てにしようとする一切の誘惑をしりぞけなければならないのだ。だが、トルストイの目に、社会の動きはますます逆方向へ動いていくように見えた。そして、社会のそうした逆方向への動きを加速するものが、ほかならぬ科学だったのである。

一九世紀になって、科学は急激に変化してきた。それは、世界を観照して、その中に法則を見つけ出そうとする科学から、法則を応用して自然に働きかけ、自然力の代わりに機械を使おうとする科学技術へと変貌しつつあった。そして、そうした科学技術が人間のこれまではかなえることのできなかった欲望を次々とかなえていくように見えた。そのような流れの中では、愛ではなく、欲望こそが生命の本質であり、生きる原動力であると考える人が多くなるのは当然の成り行きであり、愛はますます無力なものと考えられるようになっていった。しかし、トルストイの目に、科学が最も破壊的なものに映ったのは、科学の時代の到来という人々の認識が宗教の時代の終焉を意味していたことだった。

宗教の意味

トルストイはイエス・キリストを最も理性的な、最も愛に満ちた人間と考え、そのキリストに導かれるままに思索を進め、生きていこうとしたという意味で、まぎれもないキリスト者であったが、キリスト教以外の宗教にも敬意を払っていた。それらは確かに人類が生み出した知恵であり、現れはさまざまに見えようとも、目指したところは同一であるようにトルストイには思われた。その目標とは人間相互の絶対平等の理想である。

絶対的なものの前での各人の平等というところから善悪の判断が生まれる。平等を乱し、人々を分断へと導くものが悪であり、平等を守り、人々を結びつけるものが善なのだ。トルストイはいわゆる宗教と呼ばれるものの中心にそのような思想を読み取り、それを忘れてしまっては善悪は成り立たないと考えた。

ところが、トルストイを取り巻く社会では、だれもが宗教の時代は終わったと声を上げていたのである。人類は古い着物を脱ぎ捨てなければならない、科学という新しい衣服を身に着けなければならない、と。しかし、トルストイは科学には善悪の判断はできないと考えていた。もともと、そうした機能が科学にはないのである。だから、宗教に代わって科学が社会を指導するというとき、価値基準を提供するのはじつは科学そのものではなく、権力なのだ。そしてその場合に、科学は人類を分裂させ、区分けして、差別を固定化する道具にしかならない。そのことはダーウィンの進化論が社会の常識にもたらした「生存闘争」と「適者生存」という観念を見れば一目瞭然ではないか――トルストイはそう主張して、宗教的なものの見方を擁護したのであった。

こうしてトルストイの宗教思想は教会を非難し、国家を否定し、社会改良の夢をさげすみ、科学を批判した。そのために、ある者はトルストイの思想を革命家たちのそれと同一視したし、また時代遅れの無知蒙昧主義と見なす者もあった。しかし、トルストイの宗教思想の中心にあったのは、愛と理性の二つだけだったのである。人の目を愛からそらそうとするすべてのものを非難し、不合理なものを一切取り除こうというのがトルストイの宗教思想だったのである。

第三章　芸術について

(一)「芸術について」(一八八九年)

〔トルストイは実際の創作活動において、妥協ということを知らない、きわめて粘り強い作家であったが、同じことが彼の芸術論にも言えるかもしれない。彼は決して投げ出さず、また妥協することなく、自分の中に独自の芸術論が熟してくるのをひたすら待っていたように見える。そして、それは熟すのに大変時間がかかったのであった。芸術に関する諸論文はトルストイの晩年に属する仕事である。〕

芸術作品のよしあし

ある芸術作品がいいものであるか悪いものであるかは、芸術家が何を語り、どのように語り、そしてどれだけ心から語っているかによる。

ある芸術作品が完璧であるためには、芸術家の語っていることがすべての人々にとって完全に新しく、かつ重要であり、それがまったく美しく表現されており、そして芸術家が内的欲求から語っているために、まったく誠実に語っているということが必要である。

芸術家が語っていることがまったく新しく、かつ重要であるためには、芸術家が道徳的に啓蒙された人間であり、それゆえもっぱら利己的な生活を送っているということがなく、人類の全体的な生活への参加者であることが必要である。

芸術家の語ることがまったく素晴らしく表現されるためには、歩いているときに人が力学の規則についてはまず考えないのと同じように、仕事をしながら、その技能の規則についてはまず考えないという程度に芸術家が自分の技能をわがものとしていることが必要である。

そうなるためには、ちょうど歩いている人が自分の歩きぶりについて考え、それに見とれてはならないように、芸術家は決して自分の仕事を眺め、それに見とれてはならないし、技量を目的にしてはならないのである。

芸術家が心の内的欲求を表現し、それゆえ自分の語ることを心の底から語るためには、まず第一に、愛さずにはいられないものを真剣に愛する妨げになる多くのつまらないことにかかずらうことなく、第二に、自分自身で、他人のではなく自分自身の心で愛し、ほかの人たちが愛に値すると認めていたり、そう見なしていることを愛しているふりをしないということが必要である。そしてそうするためには、バラムのもとに使いが来たときに、バラムが神の命令だけを口にしようとして神を期待しつつ一人引きこもってしたことを芸術家はしなければならず、その同じバラムが贈り物に誘惑されて、欲と虚栄心で目が見えなくなってしまい、彼が乗っていたロバにさえ明らかであったが、彼には見えなかった神の命令に背いて、王のもとに出かけたときにしたことをしてはならないのである（旧約聖書・民数記二二）。

芸術作品がこれら三点のそれぞれにおいてどの程度完成の域に達しているかによって、作品相互の評価の違いが生じてくる。

㈠有意義で美しいが、心がこもっておらず誠実でない作品
㈡有意義だが美しさが足りず、心がこもっておらず誠実でない作品
㈢有意義ではないが美しく、心がこもっており誠実である作品

等々、あらゆる組み合わせが可能である。

完全な芸術作品　こうした作品はすべてそれなりの長所を持っているが、完全な芸術作品とは認められない。完全な芸術作品というのは、内容が有意義で新しく、その表現がまったく素晴らしく、対象に対する芸術家の態度がまったく心のこもったもので、それゆえまったく誠実であるというものだけである。そのような作品はつねにまれであったし、これからもまれであろう。それ以外の、それぞれに不完全な作品は芸術の基本的な条件に従って、

㈠内容の有意義である点ですぐれている作品
㈡形の美しさの点ですぐれている作品
㈢心のこもっていることと誠実さの点ですぐれている作品

という三つの主だった種類に分類されるが、いずれもほかの二点においては完成の域に達していないのである。

これら三つの点のすべてが完全な芸術への接近をなしており、芸術があるところには不可欠のものなのだ。若い芸術家たちにあっては内容のつまらなさと多少の美しい形に対して心のこもっていることが優勢であり、年配の者にあってはその逆である。勤勉な職業芸術家にあっては形が優位を占め、内容と心がしばしば欠落している。

いつわりの芸術理論

まさに芸術のこれら三つの側面に従って分類されるのが三つの主だったいつわりの芸術理論であり、その芸術理論に従って、三つの条件すべてをあわせ持っておらず、それゆえ芸術の境界線上にあるような作品が、芸術作品と認められているばかりか、その手本と認められているのだ。これらの理論の一つは、たとえ作品に形の美しさがなく、心がこもっていないとしても、芸術作品の長所はもっぱらその内容にかかっていると認めている。これがいわゆる主義主張の理論である。

別の理論は、作品の内容が取るに足りないもので、作品に対する芸術家の態度に心がこもっていないとしても、作品の長所は形の美しさにかかっていると認めている。これが芸術のための芸術の理論である。第三の理論は、問題はすべて心がこもっていることに、誠実であることにあり、内容がどれほど取るに足りず、形がどれほど不安定であっても、芸術家が自分の表現するものを愛していれば、作品は芸術的なものになると認めている。この理論はリアリズムの理論と呼ばれている。

芸術作品の大量生産

そうして、これらの誤った理論に基づいて芸術作品が、昔のように一世代の間に各部門に一つか二つ現れ出るというのではなく、毎年どの大都市においても（そこではひまな人が多いので）あらゆる部門に何十万という、いわゆる芸術作品が現れ出ているのだ。

現代においては、芸術に携わりたいと考えている人間は、自分が本当に愛することのできる、そして愛してからそれにふさわしい形をまとわせるような、そういった重要で新しい内容が心の内に浮かんでくることを待たずに、第一の理論に従って、そのとき流行している、自分たちを利口者と思っている人たちに賞賛されている内容を取り上げ、できるだけ芸術的な形でくるむか、あるいは第二の理論に従って、自分が一番技術的な腕前を発揮できそうな対象を選んで、努力と忍耐をもって、自分が芸術作品と考えるものを作り上げている。あるいは第三の理論に従って、心地よい印象を受けたら、その気に入ったものを作品の対象に取り上げ、自分の気に入ったものである以上、これは芸術作品になると考えている。こうして無数のいわゆる芸術作品が現れてくるわけだが、それらはあらゆる職人仕事と同じく、少しの休みもなく作り出せるものなのだ。社会にはありふれた流行思想がいつでもあるし、どんな技能も忍耐があればいつでも習得できるし、だれにも何かしら気に入るものはつねにあるのだから。

そして、まさにこうしたことから、われわれの世界全体が芸術作品であると自称する、しかし職人仕事との違いといっては、それらが単に何にも必要でないばかりか、しばしばまったく有害でさえある作品で埋め尽くされるという現代の奇妙な事態が起こってきたのだ。

芸術観の混乱

同じように教養があり権威のある人々に由来する真っ向から対立する二つの意見が同時にないような、そういったいわゆる芸術作品はないという、明らかに芸術という観念の混乱を示す異常な現象はこうして生じたのである。人々の大半が最もばかげた、無益な、そしてしばしば不道徳な仕事に身をゆだねながら、つまり、本を作っては読み、絵を作っては眺め、楽劇や演劇を作り、コンサートを聞いたりしながら、自分たちが何かとても賢く有益で高尚なことをしているとまったく本気で信じ込んでいるという驚くべき現象もまたこうして生じたのだ。

現代の人々は自らこんなふうに言っているかのようだ。芸術作品はいいもので有益なのだから、したがって、もっとたくさん作らなければならない、と。実際、芸術作品がより多くなるのであれば、とても結構なことであろうが、困ったことに、注文に応じて作れる作品というのは、芸術の三つの条件すべてを備えていないために、つまりこれらの条件がばらばらにされた結果、職人仕事になりさがったものばかりなのだ。

真の芸術作品

三つの条件すべてを含む真の芸術作品は、注文に応じて作れるものではない。そうできないのは、芸術作品が生まれてくる芸術家の心の状態が知識の最高の発現であり、生命の神秘の啓示であるからだ。もしそのような状態が最高の知識であるとすれば、その最高の知識をわがものとするために芸術家を指導しうるような別の知識はありえないのである。

(二)　トルストイの芸術論

「芸術のための芸術」の対極にある芸術観

トルストイの芸術観という場合、人はトルストイが晩年に取り組んだ『芸術とはなにか』に述べられている思想よりも、むしろ『戦争と平和』や『アンナ・カレーニナ』そのものを成立させたところのトルストイの芸術観を知りたいと思うかもしれない。なぜなら、『芸術とはなにか』の芸術観は『戦争と平和』や『アンナ・カレーニナ』をあっさりと切り捨ててしまい、それらの作品よりも『カフカースのとりこ』のほうがずっとすぐれていると断定するような、そんな芸術観であり、そんなものに興味の持てるはずがないからだ。それは人生の教師トルストイが人生の真実を追求するあまり、人生から芸術の魅力を奪ってしまったゆがめられた芸術観だ、それより、魅力的な芸術作品を生み出したほうの芸術観を見てみたいというわけである。

そのような人はまず『戦争と平和』や『アンナ・カレーニナ』を読んでみることだ。そこには何の秘密もない。どちらも書かれてあるがままの作品であり、舞台裏の詮索(せんさく)に意味があるような作品ではないのである。しかも、どちらの作品においてもトルストイの芸術思想は、その制作技術とともに作品の中に完全に昇華されており、芸術観なり創作上のテクニックなりをそれだけ抜き出すことには何の意味もないばかりか、実際問題として、それだけを取り出すなどということはできないのだ。すぐれた芸術作品はいつでもそういうものであり、ふつう芸術家が哲学者や思想家として扱われないのはおそらくそのためなのである。

だが、こういうことは言えるかもしれない。トルストイの作品制作の態度には、作家と読者の関係を教師と生徒の関係に見立てている部分が多分にあるということである。テーマの選び方にしても、教師が生徒のための教材選びをしているようなところがある。授業はおもしろく組み立てられなければならないが、あくまで興味本位ではないのである。口にしていいことと、口にすべきでないことがあるのだ。そして、このことは技術的な側面についてもいえる。先の「教師のための一般的注意」のこんな部分を思い起こしてみよう。

「一般に、生徒にはできるだけたくさんの知識を与え、知識のあらゆる分野に関するできるだけ数多くの観察をさせなければならないが、一般的な結論、定義、区分およびあらゆる専門用語はできるだけ少なく伝えるようにしなければならない」

「一般に、生徒には」の部分は、これを「一般に、読者には」と読み替えてさしつかえあるまい。トルストイは登場人物の指の動きや唇の動き、話し方のくせなどの細部に注目することによって場面場面を構成していく方法を好んでとる。そして、そのことがトルストイという人間の生まれつきの観察眼の鋭さ、目の強さといったもののせいにされることがあるが、読者にさまざまな細部を観察させるというのは、むしろ教育者トルストイの教育理念なのだ。そして、その微細な動きによって喚起される鮮明な像がある種の普遍性を獲得するのは、トルストイの頭の中に、決して生徒に伝えられることはないが、一般的な結論、定義、区分およびあらゆる専門用語がつねに用意されているせいなのだ。だが、もうよしたほうがよさそうだ。芸術作品は芸術作品自身に語らせるしかないのである。

執筆中のトルストイ

したがって、トルストイの芸術観という場合には、それがどれほど興味をそそられないものであろうと、彼のそれ自体で完結している独立した芸術思想、一般に漠然と「芸術のための芸術」といった考え方の対極にあると受け取られているトルストイの芸術観を見なければならないのである。

三つの尺度

一八九八年初めに完成を見た『芸術とはなにか』の末尾によれば、トルストイはこの本を書くのに一五年を要したという。『芸術とはなにか』はその前年の九七年にはほぼ完成されていたので、一五年前といえば一八八二年前後ということになり、それはちょうどトルストイの精神的な大転換がなされて間もなくのころであった。当時トルストイはこれまでの人生観、世界観のすべてを根本的に見直す必要に迫られ、まず宗教的な著作から手をつけていったわけであるが、その彼の頭に、芸術とは何か、芸術のあるべき姿とはどんなものかという問いもすでに入っていたということであろう。

その問いに対するトルストイの答えを見るためには『モーパッサン作品集への序文』(一八九四年)、『芸術とはなにか』、『シェークスピアおよび演劇について』(一九〇三年)の三つを見なければならないが、ここに訳出した「芸術について」は『モーパッサン作品集への序文』より早い一八八九年に書かれたものであり、この小論が発展して、のちの『芸術とはなにか』が生まれることになるのである。

この「芸術について」に述べられている芸術作品のよしあしを測る三つの尺度はそのまま『モーパッサン作品集への序文』にも採用されており、トルストイが実際に愛用していた物差しであったので、この三つの尺度を少し丁寧に見てみよう。

あらゆる人々にとってまったく新しく、重要であること――ここには新しさと重要さという二つのことが入っているが、これは別々のことである。まず新しさについて考えてみよう。

すべての人々にとって新しいこと、いったいそれはどんなことであろう。この世には何ひとつとして同じ現象はなく、同一の人間もいないと考えれば、この世のあらゆること、あらゆるものが世界にとってまったく新しい体験であるように見える。だが一方、そうした一切を昔ながらの代わりばえのしない繰り返しと見る見方もある。また、いかなる時代にも、どんな社会にも流行があり、それはめまぐるしく移っていく。トルストイの目にはそうした流行も、また芸術作品と呼ばれるものも、そのほとんどが古臭いものに見えた。トルストイの目にはそれらの作品の言いたいことがせんじつめればどれも旧約聖書中の教訓に含まれるように見えた。それに対し、キリストの語ったことはまったく新しかったのである。トルストイが「新しい」という言葉で考えているのは、そのような性質のものである。

では、あらゆる人々にとって重要なこととは何か。この場合に大切なのは「重要なこと」ではなく、むしろ「あらゆる人々にとって」の部分なのではないか。だれにとっても重要なことはあるものだが、それがあらゆる人々にとっても重要かと自問すれば、そのほとんどはそういうものではあるまい。だが、トルストイはそれを要求しているのである。芸術作品にとって大事なのは、一人二人にとって重要なことなのではなく、あらゆる人々にとって重要なことなのだ、と。

芸術作品を測る二つめの尺度は美しさである。どんな作品に対しても飽くことなく推敲（すいこう）を繰り返したトルストイは、形にうるさい人であった。そして、実際の作品制作にあたっては、トルストイに限らずどんな芸術家にとっても美しさの追求はいつでも具体的なものであろう。だが、では美しさとは何か、という具合に問いを立てると、それに答えることはがぜん容易でなくなる。そして、この「芸術について」では扱われていない美とは何かの問題が『芸術とはなにか』で集中的に扱われることになるのである。

三つめの尺度は芸術作品に芸術家の心がこもっていることであった。芸術家が作品で表そうとする対象を心の底から愛するということであった。そして芸術作品を成立させる条件としては、まずこの愛が最初になければならないとトルストイは述べている。

これら三つの観点をすべて満たしてはじめて芸術は成立するが、それら三点を満たすためには芸術家の心が知識の最高の発現状態に達していなければならないとトルストイは言う。つまりインスピレーションのことである。いつ、どこで、何が引き金になって起こるのかはわからないが、霊感が圧倒的な力で襲いかかることがある。その事実をぬきにして芸術は語れないということだ。霊感が襲いかかると書いたが、これは正しくない。トルストイの言い方に従えば、インスピレーションはどこか外からやってくるのではなく、芸術家の内部から湧き出てくるものらしい。少なくともトルストイにはそう感じられていたのであろう。

以上が「芸術について」の骨子であり、この芸術観はその後も変更されていないのだが、しかしトルストイはこれでは不十分だと感じていた。三つの尺度をもって芸術作品のよしあしを判断することはできるし、その正当性にトルストイは自信があったのだが、三つの尺度はあくまでもできた作品を測る物差しなのであって、物差しで芸術を作るわけにはいかないし、物差しで芸術の存在理由を説明するわけにはいかないというのがトルストイの不満であったと考えられる。芸術の本質はもっとほかのところに求められなければならなかったのである。そして、それを追求したところに『芸術とはなにか』の独創性があるのだが、その前に『モーパッサン作品集への序文』に立ち寄っておかなければならない。

作家にとっての才能

『モーパッサン作品集への序文』が貴重なのは、それがトルストイの体験的文学論になっているからである。そこにあるのは芸術一般に対するトルストイのものの見方ではなく、あくまでも文学に対する彼の考え方であり、それが体験に裏打ちされている点が興味深いのだ。そこには、作家にとって才能とは何か、長編小説が扱うべきテーマと短編小説が扱うべきテーマの違いは何か、といった本質的な問いに対する答えがあるかと思うと、人気を博し名声を獲得することと、注文仕事に応じることがいかに作家を損なうか、といった職業上の実際問題まで、へたな解説をつけるのが惜しいような話題がぎっしりつまっている。確かに余計な解説は読む楽しみを奪うだけだが、ここではほんの少しだけ、作家にとっての才能とは何かという問題に対するトルストイの答えをのぞいてみよう。

作家には特別な才能が必要なのだろうか。それに対してトルストイはその通りだと答える。ではその特別な才能とはどのようなものか。才能とは、ほかでもない、自分の目に映っている世界のことだ、とトルストイは言う。世界はあるがままの姿をわれわれの目に映すが、しかし、どの目に映っている世界もよく見るとすべて異なっている。だが、少なくとも人に見えていないものが作家に見えているのでないとしたら、そんな作家の書くものに興味が持てるだろうかとトルストイは言う。では人に見えていないものを見るにはどうしたらよいか。それに対する答えはこうだ。作家になろうとして特別のものの見方を習得するなどということはできないし、またそんな必要もない。だれにとっても世界は見えるようにしか見えないのだ。だが、見えるようにしか見えないという事実にわれわれは全幅の信頼を置いているだろうか。自分の目より人の目を信じていはしないか。自分の目より、耳に頼っていはしないか。自分の目に全幅の信頼を置いて、そこに全注意力を注ぐこと、そうできることが才能であるとトルストイは言う。

ここにもまた、農民の子供たちを前にしながら、自分の目を信じることのできる人間をつくっていこうとした教育者トルストイの姿がはっきり現れていると言えるだろう。そしてトルストイは実際に自分自身をその教育理念のもとに教育し鍛え上げたのであった。

モーパッサンを論じるトルストイの筆は、なすべきことをなしてきた老人の自分自身に対する自信と人に対する優しさに満ちた落ち着いたものであるが、『芸術とはなにか』になって、その筆づかいがにわかに戦闘的なものになっていった。

『芸術とはなにか』と美の問題

『芸術とはなにか』で、まず真っ先にトルストイが立ち向かったのはバウムガルテンに始まる一五〇年ばかりの美学の歴史であった。なぜなら、だれの頭にも芸術といえば、何かしらその中心に《美》というものをすえる習慣がすでにあり、それは暗黙の了解として確立されていたからである。

『芸術とはなにか』を読んで、トルストイの論の展開のしかたが少々乱暴であると感じる人があるかもしれない。じつはそのことは『芸術とはなにか』に限らないのだが、トルストイの文章を読んでいて感じることは、この人はひどく独善的な人なのではないかということである。そしてその印象はおそらく間違ってはいないのだ。自分に見えている世界を信じ、そこに注意力のすべてを注ぎ込む人間が独善的でないはずがない。しかし、そのことはトルストイ自身が意識しすぎるくらいに意識していたことでもあった。だからトルストイはいつでもひとりよがりにおちいるまいとして、できうる限りのことをする。『芸術とはなにか』でもそうであった。トルストイにとっては美学の一五〇年の歴史が連ねた種々の学説などつぶさに調べるまでもなく、初めから意味のないものに思われていたのかもしれない。だが、調べる前からこんなものは調べる価値もないとは言えないし、一方で世間がこれほど認めている美学が自分の目より正しいこともあるかもしれないではないかという思いも少しはあったろう。いずれにしても、七〇歳になろうとする老人は最初から勉強をし直したのである。しかし、そういう勉強のしかたをする人間の目的は、結局は自分の目の正しいことを確認し、相手の目が節穴であることを確かめることであるから、われわれの目にはその論の展開のしかたがどうしても性急に見えるのである。

だが、結論から言えば、トルストイの思い込みは間違ってはいなかった。要するに美学は「蓼食う虫もすきずき」以上のことは言っておらず、それだけのことなら、ロシアにも「坊主が好きな人あれば、その女房が好きな人もあり、そのまた娘が好きな人もある」といったことわざをはじめとして、「味と色の好みに友はない」など、美学の多彩な学説に劣らない数のことわざがあったのである。要するに《美》の問題は好みの問題でしかなかった。

芸術の役割

しかし美学を離れて少し視野を広げれば、芸術の果たしてきた役割がもっとほかのところにあったことがわかるとトルストイは論を進める。昔の人たちにとって美しさが大事だったのは、自分の伝えたいことが相手にゆがんだ形で伝わることを恐れたためであったのだ。つまり、自分にはどうしても人に伝えたいことがあるという場合に、これが別の違った形で伝わるのは困る、正しい形で伝わってほしいという願いがある、そこから形式を洗練する努力が始まり、それがほかならぬ《美》と呼ばれるものだったというのである。そうであればこそ、芸術家は実際の創作過程において美とは何かの問題に悩むことはないのである。表現したい対象があれば、芸術家の注意力はそれをいかに鮮明に表現するかということに注がれるが、それが結局は美の追求ということになるからだ。だから、美は伝えたい中身があってはじめて問題になるはずのものであった。

ところが、中身を取り除いて外側だけを問題にする動きが起こった。ルネサンスがそれである。それは復興の時代であった。科学と芸術の再生の時代であった。ルネサンス期において科学と芸術は初めて宗教の束縛から自由になり、本来の力を発揮できるようになったのである——人々の説明はそのようなものであった。だがトルストイはそのルネサンスの中に科学と芸術の本質的な衰退を見たのであった。中身を捨て去った外側の殻に何ができるか。殻は身軽になったと喜んでいるが、外側の殻に人を動かす力などあるはずがないではないか。したがって、まず芸術が（そして科学もそうであるが）取り戻さなければならないのは、自分がその中にくるむべき中身である、というのがトルストイの主張であり、それがいわゆる人生の教師トルストイが人生の真実を追求するあまり

チェーホフ(左)とトルストイ（1901年）

に芸術家トルストイをだめにしてしまったと言われる芸術観だったのである。
　トルストイの相手がルネサンス以来の西欧文明であったとすれば、そうした大きな問題の前では『アンナ・カレーニナ』や『戦争と平和』を切り捨てることなどものの数でなかったのは当然ではないだろうか。そして、旧約聖書に対する新約聖書のような新しさを新しいものと呼ぶのだとすれば、その流れに沿って新たな一歩を築いていくことがいかに困難であるか、それは読むのに何週間も何か月もかかるような大作によってはむしろできないことなのであり、『カフカースのとりこ』のような、あるいは民話のような形式にしてはじめて可能になるということもうなずける話なのではあるまいか。トルストイは科学と芸術を否定したのではない。それどころか、その二つこそが人類を進歩させることのできる道具だと考えていたのである。だが、このことは次章の「三つの喩え話」の「第二の喩え話」でトルストイ自身の口から語ってもらうことにしよう。

シェークスピアをめぐって　トルストイの芸術論の締めくくりになるのが『シェークスピアおよび演劇について』である。シェークスピアの『リア王』の愚作ぶりを丹念に論証しようとするこの論文を書くために、トルストイは五〇年間にわたってシェークスピアの作品を繰り返し繰り返し読んだ（ロシア語で、英語で、ドイツ語で）。無論、この論文執筆を目的として、五〇年間シェークスピアを研究したわけではないが、結論はシェークスピアの全面否定ということになったのである。

トルストイのシェークスピア嫌いは晩年に始まったことではなく、かなり早くから始まっていた。問題は、その嫌いなシェークスピアとトルストイがなぜ五〇年も付き合ったのかということである。そこには単純に割り切ることのできない何らかの事情があったと考えられるが、たとえば、ツルゲーネフに送ってもらった『戦争と平和』のフランス語訳を読んだフローベールが、思わず、これはシェークスピアだね、と口走ったこととそれは関連があったのではないだろうか。また、ブーニンが『トルストイの解脱』の中で伝えているチェーホフのこんな言葉もこの間の事情を説明するものであろう。

「とりわけ僕がすごいと思うのはね、あの人の僕たちみんなに対する、つまりほかの作家たちに対する軽蔑の念なんだよ。いや、軽蔑の念というより、あの人が僕たちみんなのことを、つまりほかの作家たちのことをまったく何ものでもないと思っていることなんだ。ほら、あの人はときどきモーパッサンや僕のことをほめるよね……どうしてほめるんだろう。それはあの人が僕たちのことを子供を眺めるように見ているからなんだ。僕たちの中編小説や短編や長編なんて、あの人にとっては子供の遊びなんだよ。ただしシェークスピアは別だけどね。あれはもう大人だから、それでシェークスピアはあの人をいらいらさせるんだよ。トルストイ流に書かないから」

しかし『芸術とはなにか』の文脈から考えれば、トルストイの目にシェークスピアがルネサンスの申し子と映ったであろうことは容易に想像がつく。トルストイの考えるところの中身のない外側だけの殻がこれほどの力を持ちうるということ、そのことがトルストイには許せなかったのではあるまいか。

第四章　思想家トルストイの役割

㈠「三つの喩え話」（一八九五年）

〔トルストイは自分の思想家としての位置と役割をどのように考えていたのだろうか。「三つの喩え話」はトルストイ自身による思想家トルストイの解説である。〕

第一の喩え話

いい牧草地に雑草がはびこってしまった。そこで牧草地の持ち主たちはそれを取り除こうと雑草を刈ったが、雑草はかえって増えるばかりだった。たまたま牧草地の持ち主たちを訪ねてきた、さる善良で知恵のある主人が、いろいろためになる話をした中に、雑草は刈ってはいけない、それではますます生い茂るばかりだから、雑草は根っこごと引き抜かなければいけないという話もあった。

ところが、善良な主人のほかの言いつけにまぎれて、善良な主人の雑草は刈らずに引き抜くようにという言いつけに、牧草地の持ち主たちが気づかなかったためか、あるいは言ったことが理解できなかったのか、あるいは自分たちの都合でそうしたくなかったのか、とにかく雑草は刈らずに引き抜くようにという言いつけは、まるでそんなものは最初からなかったかのごとく、ついに実行されず、人々は雑草を刈り続け、そして増やし続けた。もっとも、その後何年にもわたって、牧草地の持ち主たちに善良で知恵のある主人の言いつけを思い出させた人たちもあるにはあったが、そうした話は相手にされず、相変わらずのことが続けられたので、雑草が顔を出すやすぐさま刈るということが慣例になってしまったばかりか、神聖な言い伝えにすらなってしまい、牧草地はますます荒れていった。そしてついに牧草地は一面雑草だらけになってしまい、人々はそのことを嘆いて、事態を改善するためのあらゆる方法が考え出されたが、ただ一つ、もうずっと以前に善良で知恵のある主人によって提案されたことだけは用いられなかった。ところが最近になって、たまたまある人が牧草地の置かれている哀れむべき状況を目のあたりにし、あの主人の忘れ去られた言いつけの中に、雑草は刈らずに根っこごと引き抜くようにという規則を見つけたので、その人は牧草地の持ち主たちに、あなた方のしていることは間違っており、その間違いはもうずっと以前に善良で知恵のある主人によって指摘されていたことを思い出させたのである。

するとどうなったろう。その人の注意の正しさを調べて、彼が正しい場合には雑草を刈ることをやめるか、あるいは彼が正しくない場合には彼の注意の正しくないことを証明するか、あるいは善良で知恵のある主人の言いつけは根拠がなく、自分たちには不必要だと認めるかする代わりに、牧草地の持ち主たちはそのいずれのこともしないで、その人の注意に腹を立て、彼をののしり始めたのだ。彼らはその人のことを、みんなの中で自分ただ一人があの主人の言いつけを理解したと思い込んでいる頭のおかしいうぬぼれ屋だと呼び、また別の者は彼のことを悪意あるにせの解釈者で中傷者だといい、また別の者は、その人が語ったのは自分の考えではなく、ただみんなから尊敬されている知恵のある主人の言いつけを思い出させただけであることを忘れて、彼のことを悪い草を茂らせて人々から牧草地を取り上げようとしている有害な人間であると呼んだ。「あいつは草を刈るなと言う。だが、もしわれわれが草をなくさなければ」と、その人は雑草をなくすなと言ったのではなく、刈らずに引き抜くようにと言ったことにはわざと口をつぐんで、人々はこう言うのだった。「そうなれば、雑草が生い茂って、もう完全にわれわれの牧草地をだめにしてしまう。われわれが牧草地で雑草を育てなければならないのだとしたら、われわれは何のために牧草地を与えられたのか」。そして、この男は頭がおかしいか、にせの説教者か、あるいは人々に害を与えることを目的としているという意見がすっかり固まってしまい、みんなが彼をののしり、笑いものにするまでになった。そして、彼がどれほど言葉を尽くして、自分は雑草を茂らせようと望んでいないばかりか、その反対に、悪い草をなくすことが農民の主要な仕事の一つだと考えており、それは善良で知恵のある主人が理解していたのと同じことで、自分はその言葉をみんなに思い出させているだけだといくら説明しても、彼の言うことは聞いてもらえなかった。というのも、あの男は善良で知恵回復させるように人々に吹きかけている悪党だとすっかり決めつけられてしまったからだ。

ちょうどこれと同じことが、悪に対し暴力で抗するなかれという福音書の教えの言いつけを私が指摘したときに、私の身に起こったのだ。この規則はキリストによって述べ伝えられ、キリストの死後には、あらゆる時代に、あらゆる彼の真の弟子たちによって伝えられたのである。しかし、この規則に人々が気づかなかったのか、あるいはそれが理解できなかったのか、あるいはその実行がきわめて困難なものに思われたのか、時がたてばたつほど、この規則はますます忘れ去られ、人々の生活態度はますますこの規則から遠ざかり、ついに現在のようなところまで、つまり、この規則がもはや人々には何か目新しい、聞いたこともない、奇妙で、非常識なものにさえ思われるほどになってしまったのだ。そして、雑草は刈ってはいけない、根っこごと引き抜かなければいけないという、善良で知恵のある主人の古い言いつけを人々に指摘したその人に起こったこととちょうど同じことが私にも起こったのである。

牧草地の持ち主たちが、忠告の要点は悪い草をなくさないことにあるのではなく、理にかなったしかたでそれをなくすことにあったことにはわざと口を閉ざして、こんな人間の言うことは聞かないことにしよう、この人は頭がおかしい、悪い草を刈るなと命じ、それを増やせと命じている、と言ったのと同じように、キリストの教えに従って悪をなくすためには、暴力で悪に対抗するのではなく、愛によってそれを根こそぎにしなければならないのだという私の言葉に対しても、人々は、彼の言うことは聞かないことにしよう、彼は頭がおかしい、悪がわれわれの息の根を止めてしまうように、悪に抵抗するなと忠告しているのだ、と言ったのだった。

私が言ったのは、キリストの教えによれば、悪は悪によっては根絶できない、悪に対する暴力による抵抗はすべて悪を増大させるばかりである、キリストの教えによれば、悪は善によって根絶される、ということだったのだ。「あなた方を呪う者を祝福し、あなた方を侮辱する者のために祈り、あなた方を嫌う者に善を施し、あなた方の敵を愛しなさい。そうすれば敵はいなくなる」（原注＝十二使徒の教え）。私が言ったのは、キリストの教えによれば、人間の一生はすべて悪との闘いであり、悪に対する理性と愛による抵抗であるが、悪に抵抗するあらゆる手段のうち、キリストは悪に対して同じ悪によって闘うことになる、悪に対する暴力による抵抗という不合理な手段だけは除外している、ということだったのだ。

ところが、私のこれらの言葉は、あたかも、悪に抵抗してはならないとキリストは教えていると私が言っているかのように理解されたのだった。そして、生活が暴力の上に築き上げられていて、それゆえ暴力が貴いものである人たちはみな、私の言葉と、それと一緒にキリストの言葉のそうした曲解を進んで受け入れ、悪に対する無抵抗の教えは正しくない、ばかげた、罰当たりで有害な教えであると見なされたのだった。そして、人々は悪をなくすふりをしながら、平気で悪をはびこらせ増大させ続けているのである。

第二の喩え話

麦粉やバターや牛乳や、あらゆる食料品を商（あきな）っている人たちがいた。そして、この人たちはもっと多くの利益を手に入れ、できるだけ早く金持ちになりたいと、互いに先を争って、いろいろな安くて有害な混ぜ物を自分たちの商品にどんどん入れるようになった。麦粉にはぬかと石灰をふりかけ、バターにはマーガリンを混ぜ、牛乳には水とチョークを入れた。そして、これらの商品が消費者の手に届くまでは、卸売商が小売商に売り、小売商は小間物商に売るという具合に万事がうまくいった。

倉庫や売店がたくさんあって、商売は繁盛のように見えた。そして商人たちは満足していた。けれども、自分では食料を生産しないので食料を買わなければならない都市の消費者たちにとっては、とても不愉快で有害だった。

麦粉はひどいもので、バターも牛乳もひどいものだったが、都市の市場（いちば）には混ぜ物をした商品以外にはなかったので、都市の消費者たちはそれらの商品を買い続け、味が悪いのと不健康なのは自分のせいで料理がへたなせいだと思っていたが、商人たちは引き続き関係のない安い物質をますます大量に食料品に混ぜ入れた。

こうしたことがかなり長く続いた。都市の住民たちはみな苦しんでいたが、だれ一人自分の不満を口にしようとする者はいなかった。

あるとき、自分も自分の家族もずっとうちでとれた食料で養っていた一人の主婦がたまたま町にやってきた。この主婦は一生の間ずっと食事の仕度をしてきたので、名の知られた料理人でこそなかったものの、パンを上手に焼き、食事をおいしく用意するすべは心得ていた。

この主婦が町で食料品を買ってきて、パンを焼き料理を作り始めた。パンは焼き上がらないで、ばらばらになってしまった。マーガリンのバターを使ったクッキーはおいしくなかった。主婦は牛乳をしばらく置いておいたがクリームはできなかった。主婦はすぐに食料品がよくないのだと見当をつけた。調べてみると思った通りだった。麦粉の中にはぬかが見つかり、バターにはマーガリンが、牛乳にはチョークが見つかった。食料品がどれもいんちきだと見て取った主婦は、市に出かけていって、大声で商人たちを非難して、店に立派な、栄養のある、いたんでいない商品を置くか、さもなければ商売をやめて店を閉めるように商人たちに要求し始めた。けれども商人たちは主婦には何の注意も払わずに、うちの商品は一級品で、町中の人たちがもう何年もこの店で買い物をしており、自分たちはメダルだってもっているのだと言って、主婦に店の看板についているメダルを見せた。けれども主婦は引き下がらなかった。

「私に必要なのはね」と彼女は言った。「メダルなんかじゃなくて、食べても私や子供たちのおなかが痛くならないような、健康にいい食べ物なんです」

「いや、奥さんはきっと、麦粉もバターも本物を見たことがないのでしょう」と主婦に言って、商人たちは漆(うるし)塗りの穀倉につまっている、見たところ白くて、混ざりけのない麦粉と、きれいなカップに入ったバターに似た黄色いものと、ピカピカの透明な容器に入った白い液体をゆび指した。

「私が知らないでいられますか」と主婦は答えた。「私が生涯やってきたのは、この手で料理を作り、子供たちと一緒に食べることだったんですよ。あなた方の商品は不良品です。これがその証拠です」と言って、彼女はだめになったパン、クッキーの中のマーガリン、牛乳の沈殿物をゆび指した。「あなた方の商品は全部川に捨てるか焼くかして、いいものと取り替えなければだめですよ!」。

そして主婦は四六時中店の前に立ってはやってくる買い物客に同じことをわめいたので、買い物客たちはざわつき始めた。

すると、この厚かましい主婦が商売を台なしにしかねないと思った商人たちは、買い物客たちにこう言った。

「ご覧なさい、みなさん、このおかみさんは頭がどうかしてるんですよ。この人は人を飢え死にさせようとしているんです。食料品を全部水に沈めるか焼くかしろと言うんです。私たちがこの人の言う通りにして、食べ物をみなさんに売らなくなったら、いったいみなさんは何を食べるつもりですか？　この人の言うことに耳を貸してはいけません。この人は無骨な田舎者で、食料品というものを知らないくせに、ただねたましいものだから、私たちに言いがかりをつけているんです。自分が貧乏なものだから、みんなのことも同じように貧乏にしたいんですよ」

商人たちは、その女の人が求めているのは食料品をなくすことではなく、悪い品をよい品に代えることだということにはわざと口を閉ざしたまま、集まった群集にこう語った。

すると群集は女の人に食ってかかって、ののしり始めた。そして女の人が、自分が望んでいるのは食料品をなくすことではない、その反対に、自分は一生の間自分と家族を養うことばかりを仕事にしてきたのだ、自分が求めているのはただ、人々の食料を一手に引き受けている人たちに食べ物に見せかけた有害な物質で食料を損なわないようにしてほしいということだけだ、とみんなをいくら説得しても、どんなに彼女が口をすっぱくして言っても、何を彼女が言っても、彼女は話を聞いてもらえなかった。というのも、彼女は人々からなくてはならない食べ物を奪おうとしているのだと決めつけられてしまったからである。

これと同じことが現代の科学と芸術に関連して私の身に起こったのだ。私は一生の間ずっとこの食べ物を食べてきて、よかれあしかれ、ほかの人たちにもできるだけ食べさせようと努力してきた。そして、これは私にとっては食料であって、商売の対象やぜいたく品ではないから、食べ物が食べ物であるか、そのまがいものにすぎないかは疑いもなくわかるのだ。そして、現代の知的市場で科学や芸術を装って売られるようになった食べ物を自分で食べてみもし、また愛する人々にも食べさせてみたときに、私はこの食べ物の大半が本物ではないことがわかったのである。そして、知的市場で商われている科学や芸術がマーガリンの入ったものか、あるいは少なくとも、真の科学や真の芸術には無縁の物質の大変な混ぜ物であって、私にそれがわかるのは、知的市場で買った品物が私にも私の親しい人々にも食べられないものであり、食べられないばかりか、はっきり有害であるとわかったからだと私が言ったところ、人々は声を上げてびっくりして、あなたは学がなくて、そうした高尚なものとの付き合い方を知らないからそういうことになるのだと私を諭すのだった。そうした知的商品を商っている者たち自身が絶えず互いの欺瞞を暴露し合っていることを私が証明しようとしたり、いつの時代にも科学と芸術の名のもとに人々はたくさんの有害なもの、よくないものを提供されてきたのであり、現代においてもその危険が差し迫っている、これは冗談ごとではない、精神的な害毒は肉体的な害毒より何倍も危険なのだから、食べ物を装ってわれわれに提供されている精神的な商品を最大限の注意を払って調べなければならないし、にせものと有害なものはすべてせっせと投げ捨てなければならないと私が注意しても、だれも、だれ一人として論文や本で私の論拠に対して異議を唱える者はなく、あらゆる店の中から、あの女性に浴びせられたような叫び声が起こったのだった。「あいつは頭が狂っているのです！　あいつはわれわれの生活の糧である科学と芸術をなくそうとしているのです。用心して、彼の言うことに耳を貸してはいけません。さあさあ、いらっしゃいませ、いらっしゃいませ。うちには最新の舶来の品が置いてございます」

第三の喩え話

旅人たちが歩いていた。彼らは思いがけず道に迷ってしまい、そのため、もはや平坦なところではなく、沼地や茂みやいばらや枯れ枝に閉ざされた道を行くはめになり、前進するのがますます困難になっていった。

するとと旅人たちは二つのグループに分かれた。一つのグループは、自分たちは本来の道からはずれてはいないし、とにかく旅の目的地には到着するはずだと自分にも人にも言い聞かせながら、立ち止まることなく、今進んでいる方向にずっとまっすぐ進んでいくことに決めた。もう一つのグループは、現在自分たちが進んでいる方向は明らかに間違っている――そうでなければ、もうとっくに旅の目的地に着いているはずだ――だから、道を探さなければならないが、道を探し出すためには、立ち止まることなく、あらゆる方向にできるだけ速く前進しなければならないと決めた。旅人たちは全員これら二つの意見のいずれかに分かれた。ある者たちはずっとまっすぐ行くことにし、別の者たちはあらゆる方向に行くことに決めたが、一人の人がいて、彼はそのいずれの意見にも賛成しないで、これまで歩いてきた方向に行くにしろ、あらゆる方向に急いで進んで、そうした方法で本当の方向を発見できると期待するにしろ、その前にまず最初に立ち止まって、自分の置かれている状況をよく考え、よくよく考えてから、そのあとにいずれかに着手すべきであると言った。ところが、旅人たちは動き回っているせいでひどく興奮しており、自分たちの状況にひどく不安を感じていて、自分たちは道に迷ったのではなく、ちょっとの間、道からはずれただけで、すぐにまた道を見つけられると期待して自ら慰めたかったし、何より、動き回ることで自分の恐怖心を掻き消したいと思っていたので、この意見は第一の方向の人々からも第二の方向の人々からも一様に憤慨と非難と嘲笑で迎えられたのだった。

「そんなのは弱虫や臆病者や怠け者の忠告だ」とある者は言った。

「一か所にじっとして動かないでいるのが旅の目的地に着く方法だとは結構なことだ！」と別の人たちは言った。

「われわれが人間であって、われわれに力が与えられているのは、闘って、努力して、障害を克服するためであって、ふがいなくそれらに屈伏するためではない」と、また別の人たちは言った。

そして多数の者から離れた人が、方向を変えずに誤った方向に進んでも、われわれはきっと目的地に近づくどころか、遠ざかるばかりである、またあちこちかけずり回ったとしても、やはり同じように目的地には到達できない、目的地に到達する唯一の方法は、太陽や星によってどの方向に行けば目的地に着けるかを考えて、方向を選択した上でそちらに向かうことだが、そうするためにはまず最初に立ち止まらなければならないのだ、立ち止まるのは、ただ突っ立っているためではなく、本当の道を見つけて今度こそ断固としてその道を行くためなのだから、いずれのためにもまず第一に立ち止まって正気に返る必要があるのだ、といくら口をすっぱくして言っても、だれも耳を貸さなかった。

そして旅人たちの第一の集団は、やってきた通りの方向に進んでいき、第二の集団のほうはあちこちかけずり回り始めたのだが、どちらも目的地に近づかないばかりか、茂みやいばらからさえ出られずに現在までさまよっているのである。

これと寸分たがわぬことが、私が次のような疑念を表明しようとしたときに私の身に起こったのである。労働問題という暗い森や、諸国民のはてしない軍拡という底なし沼へとわれわれを迷い込ませてしまったこの道は、われわれがとるべき道とは必ずしも言えないのではないか、われわれが道からはずれてしまっているということも大いにありうるのではないか、だから、明らかに間違っている運動においてはしばし立ち止まってみて、われわれに明かされている真理の、一般的な、永遠の原理原則に従って、われわれが向かっているのがわれわれの意図した方向なのかどうかをまず考えるべきではないのか、と。この質問にはだれも答えなかったし、だれ一人、われわれは方向を間違えていない、道に迷ってもいない、それはこれこれの理由から確実であると言った者はなかった。また、ひょっとすると、確かにわれわれは間違えたかもしれないが、われわれにはこの運動を中止せずに誤りを正す確実な方法があるのだと言った者も一人もなかった。どちらのこともだれも言わなかった。みんなは腹を立てて憤慨し、いっせいに声を上げて、私のたった一人の声を掻き消そうと躍起になったのである。「われわれはそれでなくても怠け者で遅れているのだ。そんなのは怠惰（たいだ）と無精と無為の奨励だ！」。ある人などはさらに「のんべんだらり主義」とまで付け足したものだ。「彼の言うことに耳を貸すな、われわれのあとについて前進だ！」。それがいかなる方向であれ、いったん選択された方向は変更せずに進むのが救われる道だと考えている人たちも、あらゆる方向にかけずり回るのが救われる道だと思っている人たちも、こう叫んだのである。「突っ立っていて何になる？　考えてどうなるのだ？　先を急ごう！　すべてなるようになるのだから！」。

　人々は道からはずれてしまって、そのせいで苦しんでいる。力を注ぐべき第一に肝要な努力は、われわれを今われわれが置かれているこの誤った状況に誘い込んだ運動を強化するほうにではなく、それを止めるほうへと向けられるべきではないのだろうか。立ち止まってはじめて、われわれは自分たちの状況をいくらかでも理解できるのだし、一人の人間や一部の人たちの真の幸福ではなく、人々みんなが志向し、人間の一つひとつの心が志向している人類全体の真の幸福へと到達するためにわれわれが進むべき方向を見つけることができることは明らかではないだろうか。それが、どうだろう。人々はできることは何でも思いつくのに、自分たちを救うことのできる、いやたとえ救うことができないまでも、その状態を和らげることのできること、つまりほんのちょっと立ち止まって、誤った活動による不幸の拡大を続けないということだけは思いつかないのである。人々は自分たちの状況の悲惨さを感じており、そこから抜け出すためにできることは何でもしているのに、きっと自分たちの状況を楽にするであろうことだけは、どうしてもしようとせず、そうしたほうがよいという忠告ほど人々をいら立たせるものはないのである。

われわれが道に迷ってしまったことにまだ疑念を差しはさむ余地があるとすれば、正気に返れという忠告に対するこうした態度ほどに、われわれがいかに救いがたく道に迷ってしまっており、われわれの絶望がいかに大きいかを明瞭に証明するものはほかにないのである。

(二)　思想家トルストイの透視力

トルストイのリアリズム　トルストイの文学はリアリズムの文学である。このことはだれもが認めるところだが、ここでいう「リアリズム」というのはどのような概念なのだろうか。というのも、トルストイのリアリズムはロマン主義に対する写実主義という意味ではないし、リアリズムとナチュラリズム（自然主義）はどう違うかという場合のリアリズムとも違うからだ。トルストイのリアリズムは、おそらく、何かもっと素朴なものなのである。

文学史や文学理論などを知らない、あるいはそういうものにはあまり興味のない一読者がトルストイの文学作品を読んで、「この人の文章を読んでいると、何だか目に見えるようだ」と思ったとすれば、おそらく、それこそがトルストイのリアリズムであると言っていいのではないか。つまり、トルストイのリアリズムというのは、基本的に描写のしかたが読者の視覚に訴えるものであり、彼の言葉が目に向かう言葉であるという意味なのだ。しかし、描写のしかたが目に見えるようだ、という言い方も、決してわかりきった表現であるとは言えない。

たとえば、『イワン・イリイチの死』の中の次のような場面を思い出してみよう。それは体の不調を覚えたイワン・イリイチが有名な医者を訪ねる場面である。そこではイワン・イリイチを診察する医者の表情がこんなふうに描かれている。

「あなたはただわれわれに任せておけばいいんです。万事うまくやりますから。――どんな人に対しても、みんな一律に、万事うまくやれる方法がわれわれにはすっかりわかっているんですから」。医者の顔つきはそう語っているようであり、それは被告に対する裁判官の顔つきとそっくりだった、と。

医者のこの自信ありげな冷たい表情の前で、病気をかかえた本人である患者がどれだけ心細い思いをすることか、どれだけ突き放されたような気持ちになることか――経験のある人間にはそれが痛いほどわかるので、この自信に満ちあふれた医者の表情がまざまざと目に浮かぶのである。

しかし、確かに目に見えるようではあるが、よく考えてみると、ここでは実際に目に映っている

愛馬とともに（1908年）

像については一言も語られていないのだ。そして、ここにこそトルストイのリアリズムを理解するための重要なポイントがあるのである。つまり、描写のしかたが目に見えるようだという場合、それは必ずしも目に見える部分の描写が丹念であるという意味ではないということだ。この医者の表情の場合には、表情の向こう側にある医者の気持ちを医者自身の言葉で語らせることによって、その表情がわれわれの脳裏にくっきりと見えてくるという仕組みになっている。つまり、人の目というものは、目に見える部分の向こう側にあるものがわかったときにはじめてよく見えるものなのだ。

人の表情は人の心を透視することによって浮かび上がる。だが、このことは人の表情に限ったことではなく、もっと一般的な性質を持っているだろう。どれだけ現実を正確に認識できるかは、どれだけ現実を透視できるかにかかっている、と。それが作家の透視力であり、作品の透視力なのだ。

ここで言う透視力というのは、自然科学における法則のようなものである。現実の世界では、たとえば、木の葉と石ころは同じ速度では落下しないが、そのことによって万有引力の法則が損なわれることはない。むしろ反対に、万有引力の法則が信頼できるからこそ、木の葉と石ころの落下速度が異なる理由が説明できるのである。

トルストイの思想と文学作品の関係は、いわゆる転向以降、今述べた法則と現実世界との関係に似たものになったと言うことができる。現実の木の葉と石ころの落下速度の違いを見て、万有引力の法則は極端すぎるとは、われわれはふつう言わない。だが、生命の本質は愛であり、愛がすべてであるというトルストイの命題のほうは極端すぎるとして片づけられてしまうのだ。しかし、ここで大切なことは、この命題が極端かどうかではなく、この命題がどれほどの透視力を持っているかということなのだ。この命題から『イワン・イリイチの死』が生まれ『クロイツェル・ソナタ』が生まれ、そして『主人と下男』が『ハジ・ムラート』が生まれたことを考えなければならない。

比喩の名人トルストイ

トルストイの思想と文学の関係はそのようなものであったと考えられるが、トルストイにとって現実世界を理解するための武器がもう一つあった。それは比喩、喩えである。先ほど例に引いた『イワン・イリイチの死』の医者の表情についても、医師の言葉で表現された心の動きのあとに付け加えられている、それは裁判官の表情と同じだったという喩えの威力は無類ではないだろうか。

実際、トルストイは比喩と喩え話の名人であった。そのことは『戦争と平和』に浴びせられた批評の数々に対して日記に記された、あの腕のいい料理人と中庭の犬たちの喩え話を思い出せば、それだけで十分うなずけるし、トルストイによって書かれた民話のすべてがその証拠であるとも言えるだろう。

現実はあるがままのものとしてわれわれの前にあるが、それをあるがままのものとして理解するためには、ただ、それを漠然と眺めていてもどうにもならない。対象をとらえるためには、その向こう側に隠されているものを見破る、つまり対象の気持ちを理解するか、あるいは比較や比喩によって、こちらから積極的に意味を付与する必要があるのである。人が何かを理解するというのはそういうことであり、人に何かをわからせるというのもそういうことなのだ。ここでもまたわれわれは、子供たちを前にしている村の教師トルストイに出会う思いがする。

ところで、トルストイが比喩という武器を自分自身の思想に対して使ったのが、この「三つの喩え話」である。トルストイが現実社会に対する自分の思想の役割をかくも正確に理解していたということは、驚くべきことではないだろうか。このことは、トルストイという人が、口では極端なことを言いながら、実は思いのほか常識的な人だったということを意味するものではない。そうではなく、一見極端に見える彼の思想の透視力によって、トルストイが現実を誤ることなく正確に把握していたということを意味するのだ。

「三つの喩え話」の内容については解説の必要はあるまい。ただ、ここではややコミカルに描かれていることが、その後トルストイの目には、深刻の度合いをますます深めていったことは注意されてよいかもしれない。家出による死のおよそ半年前の日記にはこんな一節が残されている。

「機械は何を作るためのものなのか。電信は何を伝えるためのものなのか。学校や大学やアカデミーは何を教えるためのものなのか。本や新聞は何についての情報を広めるためのものなのか。一緒に集められ、一つの権力に従う何百万という人々は何をするためのものなのか。病院や医者や薬局は生きることを続けるためのものだが、では何のために生き続けるのか」（一九一〇年五月一〇日付けの日記）

第五章　最後のメッセージ

(一)「自分自身を信じること」（一九〇六―一九〇七年）

〔トルストイには数多くの写真が残されているが、若いころから最晩年に至るまで、どの顔を見ても、いつもいかにもトルストイらしい顔をしているように見える。彼は長い生涯の間に幾度も生まれ変わるような大変貌（だいへんぼう）をとげながら、それでいていつも同じトルストイであった。ここに掲げる小文は、そのいつも同じトルストイの肉声である。〕

人生についての疑問

幼年時代から抜け出ようとしている青年男女のみなさん、みなさんの心の中に、私とはいったい何者なのか、私は何のために生きているのか、そして周囲のすべての人たちは何のために生きているのかという問いや、肝心の最も気がかりな問いである私や周囲のすべての人たちはしかるべく生きているのだろうかという疑問が最初に浮かんだときには、自分自身を信じることだ。それらの問いに対してみなさんの頭に思いつく答えが、幼年時代にみなさんの中に吹き込まれたものと食い違っており、みなさんが周囲のすべての人たちとともに生活しているその暮らしとも食い違っているというときにも、自分自身を信じることだ。その不一致を恐れてはいけない。反対に、みなさんと周囲のすべての人たちとの不一致の中に現れ出たものこそが、みなさんの中にある最良のもの、すなわち神の根源なのであって、その根源が人生において発現することがわれわれの生存の主要なというばかりでなく唯一の意味をなすものなのだ。そのようなときに信じる自分自身というのは、皇帝や大臣や労働者や商人や農民の息子や娘のワーニャやペーチャやリーザやマーシャといった特定の個人ではなく、みなさんの中で最も重要な問いを課し、その解決を探し求めているところの、われわれ一人ひとりの中に生きている永遠の、理性的な、良き根源としての自分自身のことなのだ。そんなときに、ものわかりのよさそうな笑みを浮かべて、自分もかつてはそうした問いに対する答えを探したものだが見つけられなかった、それというのも、みんなが受け入れている答え以外には見つけることなどできはしないのだよと言う人々のことは信じてはいけない。

もし眼前の問いに対する、周囲の人たちとは食い違っている答えが、みなさんの個人的な希望に基づいているのではなく、自分の人生の使命を遂行したい、自分を人生につかわしたところのその力の意志を遂行したいという希望に基づいてさえいるなら、そのようなことは信じずに、自分自身だけを信じて、周囲の人々のものの見方や考え方との不一致を恐れてはいけない。とりわけみなさんの頭に思い浮かぶ答えが、あらゆる宗教の教えとみなさんにとって最も身近なキリストの教えにおいて最高の精神的意義で表現されている人類の英知の永遠の原理に裏づけられているときには、自分自身を信じることだ。

苦い経験

私は一五のときにそうした経験を持ち、それまでその中で生きてきた他人のものの見方に対する子供らしい従順さから突然目覚め、自分で生きなければならない、自分で道を選択し、自分に生命を与えたかの根源に対して自分の人生に自分で責任を持たなければならないのだと初めて理解したのを覚えている。私はそのとき自分の人生の主要な目的は、福音書的な意味で、つまり献身と愛の意味においてよくなることであると、ぼんやりとではあるが深く感じたことを覚えている。私はそのとき、そう生きようとやってみたが、長続きしなかったことを覚えている。私は自分自身を信じないで、周囲のあらゆる人たちによって意識的、無意識的に私に吹き込まれていた、説得力のある、自信満々の、勝ち誇ったような、人間のあらゆる英知を信じたのだった。そして私の最初の覚醒（かくせい）は、有名になる、学識を身につける、栄光に包まれる、裕福になる、有力者になるなど、つまり私自身ではなく、人々がいいと見なしているものになるという、多様ではあるが、とても明確な、人々に対する成功の願望に取って代わられてしまったのだ。

私はそのときは自分自身を信じることができなかったが、何十年という歳月を世俗的な目的の獲得のために費やして、その目的を達成できなかったり、またできたりして、それらの無益さ、空しさ、そしてしばしば有害さを見出したあとに、ようやく、私が六〇年前に知っていながら、そのときは信じることのできなかったほかならぬそのことこそが、あらゆる人間の努力すべき、唯一の合理的な目的でありうるし、またそうあらねばならぬことを理解したのだった。

真理の声、神の声が私のまだ誘惑にさらされたことのない心の中で最初に語り始めたときに、私がこの声を信じ、それに身を献げていたとしたら、私の生涯はどれほど違ったものに、私自身にとってはもっと喜ばしく、人々にとってはもっと有益なものになることができたことだろう。

そうなのだ、誠実に一人で、外から吹き込まれた影響のもとにではなく、一人で誠実に、自分の人生の全重要性の意識に目覚めた若いみなさん、そうなのだ、みなさんに向かって、あなた方の目指すものは青春の見果てぬ夢にすぎない、自分たちも同じように夢見、目指したものだが、人生がほどなくしてわからせてくれたことは、人生には人生の求めるものがあり、自分たちの人生がどのようなものになりうるかなどと夢想するのではなく、現存する社会の生活に自分たちの行動をできるだけ一致させるように努め、この社会の役に立つ一員になるように努めるべきだということだったのだ、などと語るような人々を信じてはいけない。

人間の務め

人間の最高の任務は、ある時代のある場所に存在する社会の改造に協力することであり、そのためにはあらゆる手段を、たとえ道徳的完成に直接反するような手段でさえも用いることだという、われわれの時代にことのほか強力になった危険な誘惑も信じてはならない。そんなことを信じてはならないのだ。そんな目的は、みなさんの心に埋め込まれている神の根源の発現という目的に比べたら取るに足りないものだ。そして、その目的が、みなさんの心に埋め込まれている善の原理に背くことを許すとしたら、それは虚偽なのだ。そんなことを信じてはならない。みなさんの心の中に善と真理を実現することは不可能であるなどと信じてはならない。みなさんの心の中に善と真理を実現することは、単に不可能でないばかりか、みなさんの人生も、あらゆる人々の人生も、人生はすべてただそれだけのためにあるのであり、一人ひとりの人間におけるその実現こそが社会のよりよい改造へと導くばかりか、人類に定められていて、一人ひとりの人間の個人的な努力によってのみ実現される、人類のすべての幸福へと導くものなのだ。

そう、みなさんの心の中で語るものが、人に勝りたい、人より優れていたい、強大で、有名で、栄光に包まれていたい、人々の救世主になり、有害な生活機構からの人々の救済者になりたいという願望でないときには（そのような願望がしばしば善の願望とすり替わるものなのだが）、自分自身を信じることだ。みなさんの心の主要な願望が自分自身がよくなることであるときには自分自身を信じることだ。私が言うのは完成ということではない。なぜなら、自己完成ということには、何か自愛心を満足させるような個人的なものがあるからだ。私が言うのは、われわれに生命を与えた、その神の欲するものになることであり、われわれの中に埋め込まれている、神に似た根源を自らのうちに開示して、百姓たちが言うように神に従って生きるということなのだ。

自分自身を信じ、すべての力を一つのこと、自分自身の中に神を現すということに向けて生きることだ。そうすれば、みなさんは、自分の幸福のためにも、世界全体の幸福のためにも、自分にできることはすべてすることになる。神の王国とその真実を探せば、あとはひとりでにうまくいくものだ。そう、みなさんの心の中に、自分は神から生まれたものだという意識の光が最初に燃え出すきわめて重大なときには、自分自身を信じることだ。その光を消すことなく、全力で守り、燃え上がるようにすることだ。このことにのみ、この光を燃え上がらせることにのみ、あらゆる人の人生の唯一の偉大で喜ばしい意味があるのだから。

(二) トルストイにとっての神

自分自身の内なる声

一九〇六年八月にトルストイは若者向けの雑誌『泉』の編集部から、二五周年記念号に、何か若者たちに対するメッセージを書いてほしいと頼まれた。記念号は一二月に出るはずだった。健康に自信の持てなかったトルストイは確約することは避け、健康が許せばという条件つきで引き受けることにした。

その年の一一月の日記にはトルストイが『泉』の記念号に載せる文章を繰り返し推敲(すいこう)している様子がうかがえる。だが、この文章は結局『泉』の記念号には間に合わなかった。そして翌年になって別の雑誌に掲載されたのであった。

この文章でトルストイが主張していることは、自分自身の内なる声に耳を傾けよ、ただそれだけに耳を傾けよということである。きみたちには一人ひとり違った名前がつけられているけれども、その名前がつけられているきみたちではない、そのもっと奥深いところにある自分の声に耳を傾けよとトルストイは教えている。

執筆中のトルストイ（1910年）

この教えは、信仰とは神と人との、その間に何ものも介在させることのない関係であると考えたトルストイが、その同じ思想を若者向けに言い換えたものと考えてよいだろう。自分の奥深いところにある普遍的な自分は神そのものではない。しかし、その普遍的な自分は最も理性的な自分であり、その声は確かに神から出ているのだとトルストイは考えるのである。世間の大人たちがいろいろ余計なことを言うかもしれないが、そんな声に惑わされてはいけない、とトルストイは言う。

だが、世間の大人たちはそれほどまでに信用できない存在なのだろうか。世間の大人たちはみながみな私利私欲のために偽善を働いているというのだろうか。もし、そうであるなら、むしろ話は簡単なのかもしれない。しかし、実際には話はそう簡単ではないのである。

純粋に私利私欲だけを追いかけて生きている人間はむしろ少ないのだ。人は自分の一生が本当に自分一人のためのものであり、それ以上のものではないという人生観を抱いては生きていけるものではない。自分を超えた、もっと大きなものにつながっていたい、そのもっと大きなものに貢献したいという欲求が個々人の人生を支えているのである。その対象は家族かもしれず、親族かもしれず、さまざまな団体かもしれないし、民族や国家であるかもしれない。そして、ついに人は人類全体という観念に行きつくことになる。

しかし、そうした観念は結果的には人類に害悪をもたらすだけだとトルストイは考える。人類の歴史は家対家、団体対団体、民族対民族、国家対国家の争いの歴史以外の何ものであったろうか。だから、家にしても民族にしても、全体の一部にしかならないものへの奉仕は善を生み出しはしない。そして、人間に全体の観念を与えることのできるものは神をおいてほかにはないとトルストイは考えるのである。

「神」への奉仕

徴兵拒否による徹底した反戦思想、一人たりとも殺すなという死刑廃止への訴え、いかなる場合にも暴力を振るわないという形での暴力に対する徹底抗戦——これらの思想が〝トルストイの人道主義〟という名で呼ばれることがあるが、この呼び名はトルストイの思想をひどく格下げしたものである。

『神の国は汝らのうちにあり』で、トルストイは「人類」という観念に奉仕するのは誤りであるとはっきり述べている。それは漠然とした観念であり、実際問題として、時間的にも空間的にも人類全体を把握することができない以上、「人類」という観念の前では、人はどうしても恣意的な行動しかとることができない。だから、「人類」に対してではなく「神」に奉仕せよとトルストイは説くのである。「人類」に対する奉仕がしばしば人間同士の争いを引き起こしかねないのに対し、神への奉仕は決して人類に害悪を及ぼすことはなく、結果的に人類に幸福をもたらすことになるのだ、と。そう、人類の幸福は結果であって目的であってはならないのだ。

では、神への奉仕とは何か――それは価値の尺度をただ神だけに求め、神の前によりよい自分を築き、自分の中に愛を発現していくことにほかならない。一人の人間には結局それ以上のことはできないし、それ以外のことは求められていない。だから、ただ神の声としての自分自身の内なる善の声に耳を傾けなさい――これが若者たちに対するトルストイの最後のメッセージだったのである。

あとがき

神はトルストイの生涯で何を試そうとなさったのだろうか——こう問いかけたくなることがある。何らかの答えを期待しての問いではないし、そんな問いを立てること自体、何もわかっていない証拠だと言われるのもわかっている。だが、そう問いかけたくなる。

トルストイの生涯はアブラハムやソロモンや、またヨブの生涯とも違うし、イエスの生涯とも全然異なっている。だがその生涯の不滅性という点では、どの生涯にもひけをとるものではあるまい。『戦争と平和』が書かれ、『アンナ・カレーニナ』が書かれた。だが、その中間に位置する『アーズブカ』を抜かすことができるだろうか。『懺悔』以降の宗教的著作が余計なものだなどとどうして言えるだろうか。民話が書かれ、『生命について』が書かれ、『芸術とはなにか』が書かれ、『復活』が書かれた。『クロイツェル・ソナタ』も『イワン・イリイチの死』も忘れてはなるまい。どれも省くわけにはいかないものばかりであり、すべてがトルストイのひとかたまりの生涯を形作っているのだ。そして、家出による死——何という不滅な死をトルストイは死んだことであろうか。

本書の基本態度は人生の教師トルストイを理解するというものであるが、この教師はいかに芸術を愛していたことか。本書はささやかなトルストイ入門の書にすぎないが、本書を読んでトルストイそのものに入門しようと思われる方は、まず『戦争と平和』に入ることだ。すべての出発点はそこにあるのだから。

一九九八年八月

八島　雅彦

トルストイ年譜

西暦	年齢	年譜	参考事項
一八二八		八月二八日、ヤースナヤ・ポリャーナに生まれる。	
一八三〇	2	三月、妹マリヤ生まれる。八月、母マリヤ亡くなる。	
一八三七	9	一月、一家でモスクワに移る。六月、父ニコライ亡くなる。父の妹が兄妹の後見人になる。	
一八四一	13	八月、後見人のおばが亡くなる。一一月、父のもう一人のおばの住むカザンに移る。	
一八四四	16	六月、カザン大学東洋学部アラビア・トルコ語科の入試に失敗。八月、再試験。九月、大学に入学。	
一八四五	17	進級できず、法学部に転部。	
一八四六	18	兄妹で遺産の分配の相談をし、トルストイはヤースナヤ・ポリャーナを希望する。	四六　ドストエフスキー『貧しき人々』
一八四七	19	四月、大学を中退。五月、ヤースナヤ・ポリャーナで地主生活を始める。	四八　マルクス、エンゲル

一八四九	21	秋、邸内に農民の子供たちのための学校を開く。	ス『共産党宣言』 四九　ペトラシェフスキー事件。ドストエフスキー、シベリアに流刑。
一八五一	23	四月、長兄ニコライとともにカフカースへ向かう。	五一　モスクワとペテルブルグ間に鉄道開通。
一八五二	24	一月、砲兵下士官に採用される。七月、『幼年時代』完成し『現代人』誌に送付。一二月、『襲撃』完成。	五二　ツルゲーネフ『猟人日記』 五三　クリミア戦争（—五六）
一八五四	26	一月、少尉補に昇進。二月、ヤースナヤ・ポリャーナに帰省。三月、ドナウ方面派遣軍に配属。四月、『少年時代』完成。九月、少尉に昇進。一一月、セヴァストーポリへ。	
一八五五	27	『一二月のセヴァストーポリ』『五月のセヴァストーポリ』『一八五五年八月のセヴァストーポリ』。一一月、ペテルブルグへ。	五五　ニコライ一世死去。アレクサンドル二世即位。セヴァストーポリ陥落。
一八五六	28	一月、兄ドミートリー亡くなる。四月、『二人の軽騎兵』。五月、ヤースナヤ・ポリャーナに戻る。九月、『青年時代』完成。一二月、『地主の朝』	

年	年齢	事項	参考事項
一八五七	29	一月―七月、最初のヨーロッパ旅行。三月、パリでギロチンによる死刑を見る。七月、『ルツェルン』。	五七 ボードレール『悪の華』。パストゥールの醗酵の研究。
一八五八	30	一月、『三つの死』	
一八五九	31	四月、『家庭の幸福』。一〇月、邸内に学校を開設。	五九 ダーウィン『種の起源』。ゴンチャロフ『オブローモフ』
一八六〇	32	六月―翌四月、二回目のヨーロッパ旅行。九月、長兄ニコライ亡くなる。	六〇 ショーペンハウアー没。
一八六一	33	二月、ロンドンでゲルツェンに会う。三月、ブリュッセルでプルードンに会う。五月、農事調停官に任命される。	六一 農奴解放令。ドストエフスキー『死の家の記録』
一八六二	34	二月、教育雑誌『ヤースナヤ・ポリャーナ』を刊行。四月―七月、バシキール人の遊牧地で療養生活。七月初め、ヤースナヤ・ポリャーナの屋敷が家宅捜索を受ける。九月、ソフィヤ＝ベルスと結婚。一〇月、ヤースナヤ・ポリャーナの学校を閉じる。	六二 ツルゲーネフ『父と子』。ユゴー『レ・ミゼラブル』
一八六三	35	二月、『コサック』。三月、『ポリクーシカ』。六月、長男セルゲイ誕生。この年『戦争と平和』に着手。	六三 リンカーンの奴隷解放宣言。チェルヌイシェフスキー『何をなすべき

一八六四	36	一〇月、長女タチヤーナ誕生。	か』 六四　ドストエフスキー『地下室の手記』
一八六五	37	二月、『戦争と平和』の最初の部分が『一八〇五年』と題して発表される。	
一八六六	38	五月、次男イリヤ誕生。	六六　ドストエフスキー『罪と罰』
一八六八	40	ショーペンハウアーの『意志と表象としての世界』を読む。	六七　マルクス『資本論』 六八　ドストエフスキー『白痴』
一八六九	41	五月、三男レフ誕生。一二月、『戦争と平和』完成。	
一八七一	43	二月、次女マリヤ誕生。	七〇　ゲルツェン没
一八七二	44	一月―四月、邸内に学校を再開。六月、四男ピョートル誕生。一一月、『アーズブカ』	七二　ドストエフスキー『悪霊』
一八七三	45	三月、『アンナ・カレーニナ』執筆開始。七月、サマーラ地方の飢餓救済活動に従事。一一月、四男ピョートル、ジフテリアで死亡。一二月、科学アカデミー準会員に選出される。	七三　ランボー『地獄の季節』
一八七四	46	一月、モスクワで公開授業をする。四月、五男ニコライ誕	

		生。六月、おばのタチヤーナ＝エルゴーリスカヤ死去。	
一八七五	47	一月、『アンナ・カレーニナ』連載開始。二月、五男ニコライ、脳水腫で死亡。三女ワルワーラ早産、死亡。	
一八七七	49	一二月、六男アンドレイ誕生。	七七　露土戦争始まる（—七八）。
一八七八	50	一月、『アンナ・カレーニナ』を出版。	
一八七九	51	一〇月、哲学・宗教論文を書き始める。一二月、『教会と国家』。七男ミハイル誕生。	七九　ドストエフスキー『カラマーゾフの兄弟』
一八八〇	52	『懺悔』『教義神学の研究』『四福音書の統合と翻訳』	八〇　モーパッサン『脂肪の塊』。フローベール没。
一八八一	53	三月、アレクサンドル三世に手紙を書く。四月、『要約福音書』。七月、『人は何で生きるか』。九月、モスクワに転居。一〇月、八男アレクセイ誕生。	八一　ドストエフスキー没。アレクサンドル二世暗殺される。
一八八二	54	一月、モスクワ市勢調査に参加。『さらば我ら何をなすべきか』を書き始める。	
一八八三	55	一〇月、チェルトコフと知り合う。	八三　ツルゲーネフ没。
一八八四	56	一月、『わが信仰のありか』。六月、四女アレクサンドラ誕生。	
一八八五	57	この年「トルストイの民話」が書かれる。	
一八八六	58	一月、八男アレクセイ、ジフテリアで死亡。二月、『さら	

		ば我ら何をなすべきか』完成。四月、『イワン・イリイチの死』	
一八八七	59	一月、『闇の力』。一二月、『生命について（人生論）』	
一八八八	60	二月、九男イワン誕生。	
一八八九	61	四月、『芸術について』。一二月、『クロイツェル・ソナタ』	
一八九一	63	九月、一八八一年以降の著作権放棄を宣言。この冬、無料食堂の開設などの飢饉救済活動。	九一　ゴンチャロフ没。
一八九三	65	五月、『神の国は汝らのうちにあり』	九三　モーパッサン没。
一八九五	67	二月、九男イワン、猩紅熱で死亡。三月、『主人と下男』	九六　チェーホフ『かもめ』
一八九八	70	二月、『芸術とはなにか』	
一八九九	71	一二月、『復活』	一九〇〇　フロイト『夢判断』。ニーチェ没。
一九〇一	73	二月、宗務院により破門。	
一九〇二	74	一月、ニコライ二世への手紙。	
一九〇四	76	一月、『反省せよ』。八月、兄セルゲイ死去。一二月、『ハジ・ムラート』完成。	〇四　日露戦争始まる。チェーホフ没。

一九〇六	78	一一月、次女マリヤ死去。『自分自身を信じること』	〇五　ロシア第一革命。
一九〇八	80	五月、『沈黙はできない』	〇八　レーニン『ロシア革命の鏡としてのレフ・トルストイ』
一九一〇	82	一〇月二八日、家出。一一月七日、アスターポヴォ駅で永眠。	

トルストイ主要作品

●長編小説

『家庭の幸福』Семейное счастье　1859
『デカブリスト』Декабристы　1860-61
『戦争と平和』Война и мир　1863-69
『アンナ・カレーニナ』Анна Каренина　1873-77
『復活』Воскресение　1889-99

●その他の小説

『幼年時代』Детство　1852
『襲撃』Набег　1853
『少年時代』Отрочество　1854
『ゲーム取りの手記』Записки маркёра　1855
『森を切り倒す』Рубка леса　1855

『一二月のセヴァストーポリ』Севастополь в декабре месяце　1855

『五月のセヴァストーポリ』Севастополь в мае　1855

『一八五五年八月のセヴァストーポリ』Севастополь в августе　1855 года　1856

『二人の軽騎兵』Два гусара　1856

『地主の朝』Утро помещика　1856

『雪あらし』Метель　1856

『青年時代』Юность　1857

『ルツェルン』Люцерн　1857

『アルベルト』Альберт　1858

『三つの死』Три смерти　1859

『コサック』Казаки　1863

『ポリクーシカ』Поликушка　1863

『ホルストメール』Холстомер　1863-85

『イワン・イリイチの死』Смерть Ивана Ильича　1884-86

『クロイツェル・ソナタ』Крейцерова соната　1887-89

『悪魔』Дьявол　1889-90

『だれが正しいか』Кто прав？ 1891-93
『主人と下男』Хозяин и работник 1895
『神父セルギイ』Отец Сергий 1890-98
『舞踏会のあと』После бала 1903
『にせ利札』Фальшивый купон 1904
『ハジ・ムラート』Хаджи-Мурат 1896-1904
『壺のアリョーシャ』Алёша Горшок 1905
『フョードル・クジミーチの手記』Посмертные записки старца Фёдора Кузьмича 1905
『コルネイ・ワシーリエフ』Корней Васильев 1906
『いちご』Ягоды 1906
『何のために』За что？ 1906
『神のわざと人のわざ』Божеское и человеческое 1906
『夢に見たこと』Что я видел во сне 1906
『ホドゥインカ』Ходынка 1910

●子供のためのお話

『アーズブカ』Азбука 1872

『新アーズブカ』 Новая азбука 1875

『ロシア語読本』 Русские книги для чтения 1875

『人はなんで生きるか』 Чем люди живы 1885

『愛のあるところに神もいる』 Где любовь, там и бог 1885

『二老人』 Два старика 1885

『イワンの馬鹿』 Сказка об Иване-дураке и его двух братьях 1885

『人にはどれだけの土地がいるか』 Много ли человеку земли нужно 1886

●戯曲

『伝染した家庭』 Заражённое семейство 1864

『最初の酒つくり』 Первый винокур, или Как чертёнок краюшку заслужил 1886

『闇の力』 Власть тьмы, или Коготок увяз, всей птичке пропасть 1887

『文明の果実』 Плоды просвещения 1891

『生ける屍』 Живой труп 1900

●その他の著作

『国民教育について』 О народном образовании 1862

『訓育と教育』 Воспитание и образование 1862

『進歩と教育の定義』Прогресс и определение образования　1863
『懺悔』Исповедь　1879-82
『教義神学の研究』Исследование догматического богословия　1879-80
『四福音書の統合と翻訳』Соединение и перевод четырёх евангелий　1880-81
『わが信仰のありか』В чём моя вера　1884
『生命について（人生論）』О жизни　1887
『さらば我ら何をなすべきか』Так что же нам делать？　1882-86
『神の国は汝らのうちにあり』Царство божие внутри вас　1893
『芸術とはなにか』Что такое искусство？　1897-98
『シェークスピアおよび演劇について』О Шекспире и о драме　1906
日記　Дневники　1847-1910

参考文献

●邦訳全集
『トルストイ全集』　中村白葉・中村融訳　河出書房新社（一九七二―七八）

●邦訳作品
『戦争と平和』『アンナ・カレーニナ』『復活』などの主要な文学作品は新潮文庫、岩波文庫、その他の文庫で読むことができる。
『ロシヤ国民教育論』　海老原遙訳　明治図書（一九六九）
『神の国は汝等の衷にあり』　北御門二郎訳　冬樹社（一九七三）
『トルストイのアーズブカ』　八島雅彦訳　新読書社（一九九七）

●伝記
ロマン・ロラン著・蛯原徳夫訳『トルストイの生涯』　岩波文庫（一九六〇）
ビリューコフ著・原久一郎訳『大トルストイ伝』Ⅰ・Ⅱ・Ⅲ　勁草書房（一九六八―六九）
外川継男編訳『トルストイ』　平凡社（一九七八）

シクロフスキイ著・川崎浹訳『トルストイ伝』河出書房新社（一九七八）
米川哲夫著『トルストイ』国土社（一九八〇）
藤沼貴著『トルストイの生涯』レグルス文庫（第三文明社）（一九九三）

●批評・研究・読み物

本多秋五著『増補・「戦争と平和」論』冬樹社（一九七〇）
エイヘンバウム著・山田吉二郎訳『若きトルストイ』みすず書房（一九七六）
法橋和彦編『トルストイ研究』（前掲『トルストイ全集』別巻）（一九七八）（トルストイについての代表的な評論を収める。レーニン、ローザ・ルクセンブルク、トーマス・マン、ゴーリキイの評論を読むことができる。また年譜、文献目録が詳細）
川端香男里著『トルストイ』講談社（一九八二）
鹿島由紀子著『トルストイ』白馬書房（一九八四）
イワン・ブーニン著・高山旭訳『トルストイの解脱』冨山房（一九八六）
オクジャワ著・沼野充義・恭子訳『シーポフの冒険』群像社（一九八九）
トーマス・マン著・山崎章甫・高橋重臣訳『ゲーテとトルストイ』岩波文庫（一九九二）
ジェイ・パリーニ著・篠田綾子訳『終着駅　トルストイの死の謎』晶文社（一九九六）
バーリン著・河合秀和訳『ハリネズミと狐』岩波文庫（一九九七）
小沼文彦編訳『トルストイの言葉』弥生書房（一九九七）

さくいん

【一般事項】

トルストイ■人と思想162　定価はカバーに表示

1998年12月15日　第１刷発行©
2015年９月10日　新装版第１刷発行©

・著　者 ……………………………八島　雅彦
・発行者 ……………………………渡部　哲治
・印刷所 ……………………………図書印刷株式会社
・発行所 ……………………………株式会社　清水書院

〒102-0072　東京都千代田区飯田橋3-11-6
Tel・03(5213)7151～7
振替口座・00130-3-5283
http://www.shimizushoin.co.jp

検印省略
落丁本・乱丁本はおとりかえします。

CenturyBooks

Printed in Japan
ISBN978-4-389-42162-5

CenturyBooks

清水書院の〝センチュリーブックス〟発刊のことば

近年の科学技術の発達は、まことに目覚ましいものがあります。月世界への旅行も、近い将来のこととして、夢ではなくなりました。しかし、一方、人間性は疎外され、文化も、商品化されようとしていることも、否定できません。

いま、人間性の回復をはかり、先人の遺した偉大な文化を継承して、高貴な精神の城を守り、明日への創造に資することは、今世紀に生きる私たちの、重大な責務であると信じます。

私たちがここに、「センチュリーブックス」を刊行いたしますのは、人間形成期にある学生・生徒の諸君、職場にある若い世代に精神の糧を提供し、この責任の一端を果たしたいためであります。

ここに読者諸氏の豊かな人間性を讃えつつご愛読を願います。

一九六七年

清水檀仙

SHIMIZU SHOIN

【人と思想】 既刊本

老子　高橋　進
孔子　内野熊一郎他
ソクラテス　中野　幸次
釈迦　副島　正光
プラトン　中野　幸次
アリストテレス　堀田　彰
イエス　八木　誠一
親鸞　古田　武彦
ルター　小牧　治・泉谷周三郎
カルヴァン　渡辺　信夫
デカルト　伊藤　勝彦
パスカル　小松　摂郎
ロック　浜林正夫他
ルソー　中里　良二
カント　小牧　治
ベンサム　山田　英世
ヘーゲル　澤田　章
J・S・ミル　菊川　忠夫
キルケゴール　工藤　綏夫
マルクス　小牧　治
福沢諭吉　鹿野　政直
ニーチェ　工藤　綏夫

J・デューイ　山田　英世
フロイト　鈴村　金彌
内村鑑三　関根　正雄
ロマン＝ロラン　村上嘉隆・村上益子
孫文　横山　英・中山義弘
ガンジー　坂本　徳松
レーニン　中野徹三・高岡健次郎
ラッセル　金子　光男
シュバイツァー　泉谷周三郎
ネルー　中村　平治
毛沢東　宇野　重昭
サルトル　村上　嘉隆
ハイデッガー　新井　恵雄
ヤスパース　宇都宮芳明
孟子　加賀　栄治
荘子　鈴木　修次
アウグスティヌス　宮谷　宣史
トーマス・マン　村田　經和
シラー　内藤　克彦
道元　山折　哲雄
ベーコン　石井　栄一
マザーテレサ　和田　町子
中江藤樹　渡部　武
ブルトマン　笠井　恵二

本居宣長　本山　幸彦
佐久間象山　奈良本辰也・左方郁子
ホッブズ　田中　浩
田中正造　布川　清司
幸徳秋水　絲屋　寿雄
スタンダール　鈴木昭一郎
和辻哲郎　小牧　治
マキアヴェリ　西村　貞二
河上肇　山田　洸
アルチュセール　今村　仁司
杜甫　鈴木　修次
スピノザ　工藤　喜作
ユング　林　道義
フロム　安田　一郎
マイネッケ　西村　貞二
エラスムス　斎藤　美洲
パウロ　八木　誠一
ブレヒト　岩淵　達治
ダンテ　野上　素一
ダーウィン　江上　生子
ゲーテ　星野　慎一
ヴィクトル＝ユゴー　辻　昶・丸岡高弘
トインビー　吉沢　五郎
フォイエルバッハ　宇都宮芳明

書名	著者
平塚らいてう	小林登美枝
フッサール	加藤精司
ゾラ	尾崎和郎
ボーヴォワール	村上益子
カール=バルト	大島末男
ウィトゲンシュタイン	岡田雅勝
ショーペンハウアー	遠山義孝
マックス=ヴェーバー	住谷一彦他
D・H・ロレンス	倉持三郎
ヒューム	泉谷周三郎
シェイクスピア	福田陸太郎 菊川倫子
ドストエフスキイ	井桁貞義
エピクロスとストア	堀田彰
アダム=スミス	浜林正夫 鈴木亮
ポパー	川村仁也
フンボルト	西村貞二
白楽天	花房英樹
ベンヤミン	村上隆夫
ヘッセ	井手賁夫
フィヒテ	福吉勝男
大杉栄	高野澄
ボンヘッファー	村上伸
ケインズ	浅野栄一
エドガー=A=ポー	佐渡谷重信
ウェスレー	野呂芳男
レヴィ=ストロース	吉田禎吾他
ブルクハルト	西村貞二
ハイゼンベルク	小出昭一郎
ヴァレリー	山田直
プランク	高田誠二
ラヴォアジエ	中川鶴太郎
T・S・エリオット	徳永暢三
シュトルム	宮内芳明
マーティン=L=キング	梶原寿
ペスタロッチ	長尾十三二 福田弘
玄奘	三友量順
ヴェーユ	冨原眞弓
ホルクハイマー	小牧治
サン=テグジュペリ	稲垣直樹
西光万吉	師岡佑行
ヴァイツゼッカー	加藤常昭
メルロ=ポンティ	村上隆夫
オリゲネス	小高毅
トマス=アクィナス	稲垣良典
ファラデーとマクスウェル	後藤憲一
津田梅子	古木宜志子
シュニツラー	岩淵達治
タゴール	丹羽京子
カステリョ	出村彰
ヴェルレーヌ	野内良三
コルベ	川下勝
ドゥルーズ	鈴木亨
「白バラ」	関楠生
リジュのテレーズ	菊地多嘉子
リッター	西村貞二
プルースト	石木隆治
ブロンテ姉妹	青山誠子
ツェラーン	森治
ムッソリーニ	木村裕主
モーパッサン	村松定史
大乗仏教の思想	副島正光
解放の神学	梶原寿
ミルトン	新井明
ティリッヒ	大島末男
神谷美恵子	江尻美穂子
レイチェル=カーソン	太田哲男
オルテガ	渡辺修
アレクサンドル=デュマ	辻昶 稲垣直樹
西行	渡部治
ジョルジュ=サンド	坂本千代
マリア	吉山登

書名	著者
ラス＝カサス	染田　秀藤
吉田松陰	高橋　文博
パステルナーク	前木　祥子
パース	岡田　雅勝
南極のスコット	中田　修
アドルノ	小牧　治
良寛	山崎　昇
グーテンベルク	戸叶　勝也
ハイネ	一條　正雄
トマス＝ハーディ	倉持　三郎
古代イスラエルの預言者たち	木田　献一
シオドア＝ドライサー	岩元　巌
ナイチンゲール	小玉香津子
ザビエル	尾原　悟
ラーマクリシュナ	堀内みどり
フーコー	今村　仁司 栗原　仁
トニ＝モリスン	吉田　廸子
悲劇と福音	佐藤　研
リルケ	星野　慎一 小磯　仁
トルストイ	八島　雅彦
ミリンダ王	森　祖道 浪花　宣明
フレーベル	小笠原道雄
ヴェーダからウパニシャッドへ	針貝　邦生
ベルイマン	小松　弘
アルベール＝カミュ	井上　正
バルザック	高山　鉄男
モンテーニュ	大久保康明
ミュッセ	野内　良三
ヘルダリーン	小磯　仁
チェスタトン	山形　和美
キケロー	角田　幸彦
紫式部	沢田　正子
デリダ	上利　博規
ハーバーマス	小牧　治 村上　隆夫
三木清	永野　基綱
グロティウス	柳原　正治
シャンカラ	島　岩
ハンナ＝アーレント	太田　哲男
ミダース王	西澤　龍生
ビスマルク	加納　邦光
オパーリン	江上　生子
アッシジのフランチェスコ	川下　勝
スタール夫人	佐藤　夏生
セネカ	角田　幸彦
ペテロ	川島　貞雄
ジョン・スタインベック	中山喜代市
漢の武帝	永田　英正
アンデルセン	安達　忠夫
ライプニッツ	酒井　潔
アメリゴ＝ヴェスプッチ	篠原　愛人
陸奥宗光	安岡　昭男